Cómo conseguir un marido

HOLLY JACOBS

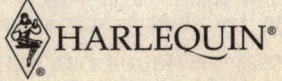

Editado por HARLEQUIN IBÉRICA, S.A.
Hermosilla, 21
28001 Madrid

© 2003 Holly Fuhrmann. Todos los derechos reservados.
CÓMO CONSEGUIR UN MARIDO, Nº 1471 - 7.7.04
Título original: How To Hunt a Husband
Publicada originalmente por Harlequin Enterprises, Ltd.

Todos los derechos están reservados incluidos los de reproducción, total o parcial. Esta edición ha sido publicada con permiso de Harlequin Enterprises II BV.
Todos los personajes de este libro son ficticios. Cualquier parecido con alguna persona, viva o muerta, es pura coincidencia.
® Harlequin, logotipo Harlequin y Julia son marcas registradas por Harlequin Books S.A.
® y ™ son marcas registradas por Harlequin Enterprises Limited y sus filiales, utilizadas con licencia. Las marcas que lleven ® están registradas en la Oficina Española de Patentes y Marcas y en otros países.

I.S.B.N.: 84-671-1931-4
Depósito legal: B-24461-2004
Editor responsable: Luis Pugni
Diseño cubierta: María J. Velasco Juez
Fotomecánica: PREIMPRESIÓN 2000
C/. Matilde Hernández, 34. 28019 Madrid
Impresión y encuadernación: LITOGRAFÍA ROSÉS, S.A.
C/. Energía, 11. 08850 Gavá (Barcelona)
Fecha impresión Argentina:28.6.05
Distribuidor exclusivo para España: LOGISTA
Distribuidor para México: CODIPLYRSA
Distribuidores para Argentina: interior, BERTRAN, S.A.C. Vélez Sársfield 1950 Cap. Fed./ Buenos Aires y Gran Buenos Aires, VACCARO SÁNCHEZ y Cía, S.A.
Distribuidor para Chile: DISTRIBUIDORA ALFA, S.A.

Capítulo 1

—ESA mujer... —dijo Brigit O'Malley.
Hubo cierto deje en la voz de su madre que no le dejó ninguna duda a Shannon O'Malley de quién era «esa mujer».

El martes era día de pinacle, así que «esa mujer» tenía que ser Cecilia Romano. Ni siquiera aquel día precioso de marzo, y los días preciosos de marzo eran raros y codiciados en Erie, Pensilvania, pudo contra la nube negra que «esa mujer» había levantado sobre Brigit O'Malley.

—Mamá, ¿por qué vas todas las semanas a jugar a las cartas si siempre vuelves enfadada? —le preguntó su hija.

—Yo nunca estoy enfadada. «Enfadada» no es la palabra adecuada —aseguró Brigit deteniéndose un instante para buscar en su cerebro un término más apropiado—. Yo diría molesta. Cecilia me «molesta» más allá del límite de lo que un ser humano puede tolerar. ¿Puedes creer que dice que su hija...? —comenzó a decir antes de detenerse bruscamente.

—¿Cara? —preguntó Shannon—. ¿Qué dice de su hija?

Shannon no conocía personalmente a Cara Romano, pero sabía quién era de oídas por su madre y porque Kate, la hermana de Shannon, se había casado con el ex prometido de Cara, Tony Donetti.

Pero era la relación de sus madres lo que la hacía sentirse más unida a la desconocida Cara. Porque Cecilia Romano parecía tan decidida a controlar las vidas de sus hijos como lo estaba la propia madre de Shannon.

Brigit O'Malley había decidido tiempo atrás que Shannon era un caso perdido y se había concentrado en poner orden en la vida de Mary Kathryn. Pero desde que su hermana se había trasladado a Texas con su recién estrenado marido, Shannon había percibido que su madre rondaba por su casa más a menudo y se dejaba caer sin previo aviso, tal y como había hecho aquella tarde.

Y en honor a la verdad, toda aquella atención le ponía un poco nerviosa.

Más que un poco: muy nerviosa.

—Cecilia dice que Cara puede encontrar un hombre antes que tú —le soltó su madre de sopetón—, cuando todo el mundo sabe que tú eres mucho más guapa que Cara Romano. No entiendo por qué lo dice, si los hombres están aporreando a tu puerta, suplicándote que te cases con ellos, ¿no es verdad?

—No exactamente.

¿Aporreando su puerta? Qué demonios, Shannon apenas podía recordar lo que se sentía cuando se limitaban a llamar suavemente.

Hacía meses que no tenía una cita. Había estado demasiado ocupada con los preparativos de la boda de Mary Kathryn y después consolando a sus padres tras la fuga de la novia que no había tenido tiempo ni ganas para salir con nadie.

—Y teniendo en cuenta que no estoy buscando un hombre, madre, creo que tengo que reconocer que la señora Romano tiene razón. Seguramente, Cara llegará antes que yo al altar.

Así era. Los últimos meses sin salir con nadie habían terminado por convencer a Shannon. Sin pareja al lado era capaz de hacer exactamente lo que le apetecía, cuando le apetecía y sin tener que rendirle cuentas a nadie. Durante todo ese tiempo no había tenido que ver ninguna película de violencia cargada de testosterona, sino que había podido disfrutar de comedias románticas a cuyos protagonistas masculinos no les importaba que llevara semanas sin depilarse las piernas.

Sí, llevar una existencia libre de hombres tenía sus ventajas.

—¿No serás...? —preguntó su madre bajando el tono de voz como si el apartamento estuviera infestado de micrófonos ocultos—. ¿No serás una de esas mujeres a las que no les gustan los hombres?

—Me gustan lo indispensable, mamá. Lo indispensable. Ésa es la clave. A partir de ahora, cuando salga con alguien no buscaré una relación estable. He decidido que sólo quiero estar con un hombre el tiempo que dure la potencia inicial.

—¿La potencia inicial?

—Ya sabes, la edad de oro de una relación, cuando el hombre hace todo lo que tú le pides, te escucha como si tus palabras fueran un tesoro e incluso va a ver contigo comedias románticas o de compras. Una vez superada esa etapa, terminaré con él.

—Shannon Bonnie O'Malley, retira lo que acabas de decir.

—Madre, odio que me llames así —aseguró ella reprimiendo un escalofrío.

—Ya hemos discutido muchas veces sobre esto. Bonnie es un nombre precioso. Así se llamaba mi madre y era una mujer maravillosa. Tienes suerte de llamarte como ella.

—Tienes razón. Bonnie es precioso, y Shannon también. Pero hay ciertos nombres que no casan bien juntos. Bonnie y Shannon no pegan, como tampoco pegan Ichabold y Archibald.

—¿Por qué tienes que ponerte tan difícil? Mary Kathryn nunca se queja cuando la llamo Mary Kathryn.

Aquél era el denominador común de su relación con su madre. Shannon se puso «difícil» cuando decidió jugar al fútbol en lugar de unirse al club de ciencias. También se puso «difícil» cuando descubrió su pasión por el arte en lugar de inclinarse por algo más académico.

Mary Kathryn era la hija buena, la que cumplía con los sueños que sus padres tenían para ella. ¿Y Shannon? Bueno, Shannon era la variable en la ecuación que era la vida de su madre.

—Ya, pero Mary Kathryn ya no se llama Mary Kathryn, ¿verdad que no?

Cuando su hermana salió huyendo de su propia boda, su vida cambió completamente. Nueva vida, nueva ciudad, nuevo trabajo y nuevo nombre. Una parte de Shannon envidiaba todos aquellos cambios.

—Ahora se llama Kate. Kate Donetti —continuó Shannon—. Y creo que es más feliz de esa manera.

—Eres la chica más difícil y cascarrabias que he conocido en mi vida —dijo su madre sacudiendo la cabeza por toda respuesta.

—He tenido una buena maestra —respondió Shannon inclinándose sobre ella para besarla en la mejilla.

Nunca se había llevado demasiado bien con ella, la verdad, pero la quería.

Y aunque Shannon la sacaba de sus casillas con mucha frecuencia, no tenía ninguna duda de que Brigit también la quería a ella, aunque no lo demostrara excesivamente.

—Mira, pruébate esto —dijo su madre pasándole una bolsa enorme.

—¿Qué es? —preguntó Shannon mirando aquel bulto.

mo otoño. Aunque claro, yo tengo menos tiempo para organizar todo lo que he planeado. Me quedan menos de cuatro meses.

—Madre, lamento estar un poco lenta, pero ¿con quién se supone que me voy a casar?

Shannon se había sentido muchas veces como la menos lista de la familia. Sus padres y Mary Kathryn se habían graduado con matrículas de honor y vivían por y para la universidad.

Bueno, en realidad, desde que se había casado con Tony, Kate vivía para el pub irlandés de los Donetti, pero ésa era otra cuestión. Seguía teniendo un doctorado, y Shannon era sólo la profesora de arte en un instituto.

Shannon se dio cuenta de que su madre estaba hablando otra vez. De una boda

¿De su boda?

¿Con quién pensaba Brigit que iba a casarse?

—… Seth.

—Madre, no estarás sugiriendo que me case con Seth, ¿verdad? —preguntó tratando de concentrarse en la conversación—. Porque te recuerdo que tú misma estuviste en su boda con Desi.

—¿Cómo iba a olvidarlo? En la boda de Mary Kathryn esa organizadora de eventos no se inmutó cuando le comenté que la tarta nupcial me parecía demasiado pequeña, pero cuando fue su propia boda… eso sí que era una tarta enorme.

—Pero dime, ¿qué tiene que ver Seth con todo esto? —insistió Shannon, que estaba comenzando a perder la paciencia.

—Llamé a Seth para ver si conocía a algún hombre simpático con el que pudieras casarte.

Nathan Calder se sentó en el bar de O'Halloran. Sólo estaba bebiendo un refresco de cola aunque era viernes y al día siguiente libraba. Pero sólo había pasado por allí para enseñarle a Mick en qué se había gastado el dinero de la devolución de su declaración de la renta. Y había ido... en su Harley nueva.

Sí: era un tipo duro, conducía una Harley, era farmacéutico... Era un tipo duro farmacéutico que conducía una Harley y que acababa de sacarse el carné de moto, aunque lo cierto era que no se merecía el aprobado, porque la moto se le había calado tres veces en su camino hacia el bar de Mick.

Era difícil sentirse un tipo duro cuando se estaba en medio de la circulación, con una chaqueta de cuero nueva... y tratando de arrancar la moto.

Y todavía resultaba más duro si además la gripabas y tenías que empujarla hasta el arcén y esperar diez minutos a que se evaporara la gasolina del carburador antes de volver a intentar arrancarla.

Nate le dio un sorbo a su refresco de cola y se preguntó cómo se las arreglaría para llevar la moto hasta su casa sin que se repitiera el incidente.

Había planeado ir en moto al entrenamiento semanal de su equipo de jockey para despertar entre sus compañeros exclamaciones de admiración, pero tal vez debería reconsiderar la idea; al menos hasta que aprendiera el arte de que no se le calara.

Nate captó algo de movimiento a través del rabillo del ojo y giró la vista. Una mujer preciosa había tomado asiento a su lado. Una mujer de quitar el hipo. Era alta, con cabello rojizo y cortado con estilo, pero en absoluto artificial. Era el tipo de mujer que hacía notar su presencia.

El tipo de mujer por el que Nate olvidaría sus problemas con la Harley.

—Hola, Mick, ¿me pones lo de siempre? —preguntó con un tono de voz ronco que hizo que todos lo hombres que estaban cerca, y aún no se habían percatado de su presencia, se giraran para mirarla.

—Claro, querida Shannon —contestó Mick al modo de hablar irlandés.

—Vamos, Mick, no trates de engañar a la dama —se burló Nate de su amigo—. Todos sabemos que te criaste puerta con puerta conmigo en Glenwood Hills, y no en las verdes colinas de Irlanda.

Nate le dedicó una sonrisa a la pelirroja.

—Por supuesto que sí, Nate —aseguró el camarero sonriendo a su vez—, pero a Shannon le gusta recrear la atmósfera irlandesa, ¿no es cierto, cielo mío?

—Ay, Mick, manzana irlandesa de mis ojos, puedes estar seguro de que es así. ¿Sabes qué? Si mi madre sigue insistiendo en que me case, tal vez te lleve a ti a casa y haga realidad los sueños de la pobre mujer. Así no sólo tendrá su boda, sino que por el mismo precio conseguirá un buen chico irlandés. Ay, creo que no se recobraría nunca de semejante alegría. Y yo pasaría de apellidarme O'Malley a llamarme O'Hallaran, así que mis iniciales seguirían siendo las mismas. Sí, creo que serías un marido ideal... si no fuera porque en lo que se refiere a las mujeres eres como un perro de caza.

—Preferiría besar a una bruja antes que casarme con nadie —aseguró Mick reclinándose sobre la barra—, pero puede que contigo hiciera una excepción, querida Shannon —concluyó con una mueca mientras se dirigía al otro extremo de la barra para atender a un cliente que le hacía señas con la mano.

—Es todo un personaje —murmuró Shannon mientras le daba un sorbo a la bebida que le había servido Mick.

—Desde luego que lo es. El primer día del instituto consiguió convencer a los profesores de que era un estudiante irlandés de intercambio.

—Entonces, ¿lo conoces? —preguntó Shannon girándose hacia Nate.

—Por supuesto. Somos amigos de toda la vida. Me llamo Nathan Calder. Pero claro, él nunca me presenta a las damas hermosas. Le gusta guardárselas para sí. Un egoísta, eso es lo que es Mick— aseguró con una mueca—. Mis amigos me llaman Nate.

—Yo soy Shannon. Shannon O'Malley —dijo ella estrechando la mano que Nate le tendía.

Si le hubieran preguntado, Nate hubiera podido asegurar que saltaron chispas cuando se rozaron. Lo hubiera jurado sobre la Biblia ante un tribunal. Algo confundido por la experiencia, retiró la mano tan rápidamente como pudo.

Nate había estrechado muchas manos en su vida, pero nunca había sentido una descarga semejante. Le echó un vistazo rápido a la mano de Shannon por si tuviera algo especial y aquél hubiera sido el motivo.

Pero no. No tenía nada de extraño. Eran sólo cinco dedos en una palma con forma bonita, un anillo pequeño y las uñas cortas, limpias y bien arregladas.

¿Por qué demonios se estaba fijando en la manicura de una mujer? Tal vez estaba más afectado de lo que pensaba con todo aquel asunto de la moto que se calaba.

—Bueno, querida Shannon O'Malley —dijo entonces tratando de recuperar el equilibrio mental—, si Mick rechaza tu oferta matrimonial, llámame. Mi madre está deseando escuchar que hay una mujer dispuesta a hacer de mí un hombre honrado.

—¿Tu madre es también de la liga pro boda? —preguntó ella con simpatía.

—No sólo de ésa —admitió Nate—, sino también de la liga de los nietos.

Aquello no significaba que a él no le gustaran los niños. De hecho, esperaba tener uno algún día... o incluso dos. Pero no en aquel momento. Después de todo, acababa de comprarse una Harley, y las Harley no venían de serie con asientos para niños. Además, resultaría difícil ser un motero de aspecto duro duro con una bolsa de pañales colgada del hombro.

De acuerdo, también era difícil cuando no se era

capaz de recorrer más de dos manzanas sin gripar la moto, pero con un bebé resultaría todavía más complicado; de eso estaba seguro.

—La mía no ha empezado todavía con el tema de los nietos —estaba diciendo Shannon—. No, por ahora sólo está buscándome marido. Ya tiene la boda planeada para junio.

—Ah, entonces, ¿estás prometida? —preguntó sin poder ocultar un cierto deje de decepción en la voz.

Después de todo, le había visto el anillo en el dedo. Maldición. Le hubiera gustado conocer mejor a aquella mujer.

No como una esposa reproductora de hijos, sino de una manera más íntima.

Le hubiera encantado sentir su cuerpo apretado contra el suyo mientras la Harley los conducía a través de la ciudad. Y después del paseo… Bueno, se le ocurrían un par de lugares a los que le gustaría llevar a aquella mujer.

—No, no estoy prometida —dijo ella—. Pero eso no detendrá a mi madre. Ya ha fijado la fecha de la boda y está llamando a todas partes para tratar de localizar a un sacerdote que nos case, ya que el padre Murphy se ha negado. Por fortuna, los demás también han dicho que no, ya que no hay novio. Los curas tienen sus normas para este tipo de cosas. Y mi madre no me considerará casada de verdad si no es con un cura y por la Iglesia, vestida de blanco y con todas sus amigas mirando.

—Creo que lo tuyo es peor —comentó Nate—.

Mi madre sólo se queja de que no tiene nietos. De eso, y de las cuarenta y ocho horas de parto que le hice pasar. Los médicos le dijeron que otro bebé la mataría, así que, según me repite constantemente, estoy destinado a ser su único hijo. Un hijo único que a punto estuvo de matar a su madre.

—¿Así que te hace chantaje emocional con eso? —preguntó Shannon—. Ésa es una batalla difícil.

—Es peor todavía —aseguró él imitando la voz de su madre—. «Todos estos años me he matado a trabajar como una esclava tratando de ser una buena madre para ti, y lo único que te pido es que me des nietos antes de que sea demasiado mayor para disfrutar de ellos. Pero a ti no te importa, ¿verdad? Cada vez que te presento a una chica le encuentras algún defecto. Eres demasiado exigente, eso es lo que te pasa».

—«Demasiado exigente». Mi madre me dice lo mismo. Se ha pasado los últimos meses tratando de liarme con... Bueno, para ser sinceros te diré que no ha sido exigente en absoluto con los hombres que me ha buscado. «Desesperada» es una palabra que describe mejor la faceta de Celestina de mi madre.

Shannon exhaló un suspiro y le dio otro sorbo a su bebida.

—La cita de esta noche es un buen ejemplo —continuó diciendo—. Le dije que no. Que no quería más citas. Tengo un plan, ¿sabes? Quiero vivir mi vida en solitario, flirteando aquí y allá. Pero mi madre me dijo que mi padre y ella me invitaban a cenar. Y sí, estaban en el restaurante, pero también estaba él. Se llama Neil, y trabaja con mis padres en la universidad.

—¿Haciendo qué? —la interrumpió Nate.

—Es profesor de filosofía. Papá y mamá tuvieron de pronto una misteriosa urgencia en el laboratorio. ¿Has oído alguna vez que se pueda tener una urgencia en un laboratorio?

Nate negó con la cabeza.

—Yo tampoco. En cualquier caso, dejaron a Neil para que me entretuviera mientras terminábamos de cenar.

—No pareces muy entretenida —aseguró Nate con una mueca.

Frustrada. Eso era lo que parecía.

Nate no tuvo más remedio que sentir simpatía hacia ella. Su propia madre también le había organizado citas por su cuenta durante los últimos meses.

—Aún no sabes lo peor. Neil se ha pasado el resto de la cena hablando de cosas tan profundas que la cabeza me daba vueltas. Yo no soy ninguna estúpida, pero él estaba siendo pedante adrede. Luego cambió de tema y empezó a hablar de las observaciones de Kepler respecto al modo en que el impacto de los cuerpos celestiales cambia la percepción del mundo que tenemos a nuestro alrededor, y añadió que le gustaría tener la oportunidad de estudiar a fondo mi cuerpo celestial.

Shannon apuró su bebida.

—Así que terminé mi ensalada más deprisa de lo recomendable, y espero que Neil se haya tomado con filosofía mi firme negativa a su proposición respecto a los cuerpos celestiales. De ninguna manera pienso «impactar» con él.

—La mayoría de los hombres no suele tomarse con demasiada filosofía los rechazos —señaló Nate.

—Sí, no parecía muy contento. Mi madre me ha llamado luego al móvil para disculparse por la urgencia y preguntarme qué tal había resultado el resto de la cena. Le dije que me marché en cuanto acabé el primer plato porque no quería ser el postre de Neil. Fue entonces cuando me acusó de ser demasiado exigente, y yo le dije que si me dejaba a mí escogería un hombre que la dejaría con la boca abierta. Me refería a un motero de pelo largo y grasiento y lleno de tatuajes. Así seguro que se olvidaría del asunto de mi boda en menos que canta un gallo.

—Sí, a veces no hay más remedio que rebelarse. Mi madre quiere que yo madure y siente la cabeza, aunque tal vez no tanto como tu madre. No hace más que recordarme que tengo treinta años y que ya es hora de convertirme en adulto. Pero, para ser sinceros, no recuerdo haber tenido nunca infancia, así que estoy haciendo mi propia revolución. He decidido que ya es hora de hacer las cosas que siempre deseé hacer, pero nunca pude porque estaba demasiado ocupado con el colegio o con la carrera.

Nate le dio un sorbo a su refresco de cola antes de continuar.

—De hecho estuve pensando en hacerme un tatuaje, pero pensé que no era lo más adecuado para tratar con los clientes.

—¿Clientes? ¿A qué te dedicas? —le preguntó Shannon.

—Soy farmacéutico —respondió él con una sonrisa—. Creo que mis clientes no se sentirían cómodos si los atendiera con tatuajes. ¿Y tú? ¿A qué te dedicas cuando no estás en citas a ciegas?

—Soy profesora de arte en un instituto.

—Qué lástima que no seas bailarina de strip-tease o algo así. Podría llevarte a casa para que mi madre abandonara su idea de casarme.

—Sí —respondió Shannon con aire pensativo—. Si yo fuera bailarina de strip-tease y tú un motero grasiento, la vida sería perfecta.

Ambos se quedaron callados, y aunque Nate no la conocía demasiado bien, se dio cuenta de que Shannon también veía la oportunidad que se abría ante ellos.

Nate sopesó la posibilidad. Después de todo, no necesitaba a una verdadera bailarina de club nocturno. Sólo necesitaba que su madre creyera que había llevado a casa a una.

—Acabo de comprarme una moto —dijo lentamente arrastrando las palabras—. Una Harley Fatboy. Así que si les decimos a tus padres que soy motero no estaríamos mintiendo.

Nate no mencionó el hecho de que todavía se estaba cuestionando sus habilidades para llevar una moto.

—Y yo me quito la ropa todas las noches para ponerme el pijama, así que supongo que se puede decir que me desnudo.

Ambos se rieron y dejaron que la idea fuera tomando cuerpo.

—¿Sabes qué? Si te llevo a casa vestida como una bailarina de strip-tease y les digo a mis padres que estoy enamorado de ti, tal vez mi madre se eche atrás en su idea de tener nietos; al menos por el momento.

—Tu madre detestará tener una nuera bailarina de strip—tease tanto como la mía detestará tener un yerno motero —aseguró Shannon con una mueca—. ¡Es perfecto! Mi madre tendrá que replantearse sus planes de boda si te presento como el hombre de mi vida, la única persona con la que me casaría llegado el caso.

—Todavía no entiendo bien por qué tu madre está planeando tu boda sin que siquiera haya un novio en perspectiva.

—Bueno, todo empezó cuando mi hermana, la hija buena, huyó de su propia boda para fugarse con el padrino. Entonces dejó de llamarse Mary Kathryn y se cambió el nombre por el de Kate. Y también cambió de hombre: pasó de Seth a Tony. Pero es una larga historia —advirtió Shannon.

—Tengo toda la noche. Y tendremos que conocer a fondo las historias del otro si vamos a llevar a cabo este plan.

Shannon aspiró con fuerza el aire y empezó a hablar.

—Mary Kathryn y Seth eran unos amigos íntimos que decidieron casarse porque era lo que se suponía que tenían que hacer, pero entre ellos ya no había pasión. Así que el día de su boda, Kate agarró el bajo de su vestido de novia y salió de la iglesia antes de pronunciar el «Sí, quiero». Se fugó con Tony, el padrino. Seth lo pasó fatal, pero buscó consuelo en Desi, la organizadora de la boda, y al final salió bien para todos menos para mí y la ex novia de Tony, Cara, porque entonces mi madre se dio cuenta de pronto de que yo estoy soltera, así que hizo una apuesta con la madre de Cara.

Nate estaba escuchando a medias la disparatada historia de Shannon. La otra mitad del cerebro la tenía ocupada imaginándosela vestida de bailarina de strip-tease.

Las imágenes eran de lo más sugerente.

Tal vez aquel plan era una locura, pero los momentos de locura necesitaban de soluciones locas.

Y la imagen de Shannon vestida de bailarina de strip-tease estaba provocando que Nate también empezara a volverse loco.

Capítulo 2

—NATE, ¿eres tú? —gritó Judy Calder cuando Nate entró en casa al día siguiente por la mañana.

Normalmente, Nate tendría que contener un gruñido sabiendo el rumbo que tomaría la conversación con su madre.

No se trataba de que no la quisiera. Por supuesto que la quería. La quería mucho. Después de todo, ¿cómo no querer a una mujer que había estado a punto de morir al darle a luz?

Pero aquella semana lo único que tuvo que contener fue una mueca burlona.

—Sí, mamá, soy yo —contestó siguiendo el sonido de su voz hasta la cocina—. ¿Dónde está papá?

Generalmente podía contar con su padre para

que hiciera de intermediario en el asunto de los nietos, pero aquel día Nate no quería interferencias. Tenía un plan.

Un plan maravilloso.
Un plan perfecto.
Un plan a prueba de madres.
Un plan que le garantizaría un merecido respiro ante las súplicas de Judy Calder.

—Tu padre ha tenido que ir a la tienda —dijo ella.

—Sólo he venido para revisar esa pequeña fuga que tienes debajo del fregadero —aseguró Nate desde el umbral.

La cocina desprendía un brillo cegador. Las paredes eran de un amarillo reluciente, los muebles blancos inmaculados y el suelo estaba tan limpio que se podría comer en él.

Judy Calder era una fanática de las cosas perfectas, tanto en su cocina como en la vida de su hijo.

Su madre se giró de espaldas a la encimera. Tenía cincuenta y muchos años, pero no aparentaba en absoluto su edad. La gente la encontraba más joven, pero nadie le echaría a su padre menos años de los que tenía. Paul Calder tenía el pelo blanco desde que Nate podía recordarlo, y le echaba la culpa a su esposa de cada una de aquellas canas. Pero después de tantos años escuchando cómo su padre se quejaba de su madre, Nate había llegado a la conclusión de que ambos le debían el color de su cabello a la genética, porque era obvio que estaban hechos el uno para el otro.

—Cariño, es muy amable por tu parte haber venido a arreglar el fregadero, pero no hacía falta. He llamado a un fontanero. Después de todo, eres tan poco manitas como tu padre.

Nate abrió una puertecita de la cocina que daba al cuarto de la lavadora y agarró la caja de herramientas de su padre.

—¿Que no soy un manitas? ¿Cómo puedes decir eso, mamá? ¿Quién te arregló la secadora la semana pasada?

—Le diste una patada, cariño.

—Bueno, pero dejó de hacer aquel ruido, ¿no?

Su madre no comprendía el fino arte de la reparación doméstica. En opinión de Nate, si algo funcionaba, no había que arreglarlo; y si no funcionaba, lo mejor era darle primero una patada.

—Cuando yo me marché la dejé prácticamente ronroneando —aseguró mientras colocaba la caja de herramientas sobre la encimera y la abría.

—Y volvió a rechinar diez minutos después de que te marcharas —insistió su madre besándolo en la mejilla—. Así que saqué el lubricante, abrí la tapa trasera de la secadora y lo eché por todas partes. Desde entonces no ha vuelto a rechinar.

—Gracias a mi patada —aseguró Nate impidiendo con un gesto que su madre siguiera argumentando—. Pero no quiero discutir. Déjame que le eche un vistazo al fregadero. Si veo que no puedo arreglarlo, dejaremos que venga el fontanero. ¿Pero sabes cuánto cobran por servicio?

—Seguramente no tanto como el albañil que

vino a arreglar el collage que habías hecho en el tejado —murmuró ella.

—Te he oído —respondió su hijo mientras se remangaba las mangas y se deslizaba debajo del fregadero.

—Eso era lo que quería. Y hablando de oír: quiero que escuches lo que voy a decirte para que luego no digas que no me has oído. El viernes por la noche hay cena en casa. Hoy es domingo, así que te lo comunico con cinco días de antelación.

—Parece que la pipeta está suelta —dijo Nate—. Pásame la llave inglesa, por favor.

—Y hablando de la cena del viernes, voy a invitar a Jocelyn y a su hija Kay —continuó su madre pasándole la herramienta.

—No.

Era una lástima que no pudiera darle una patada a la pipeta. En su lugar, trató de apretarla con la llave, pero después de hacerlo parecía que estuviera aún más floja.

—Y voy a preparar el pollo al grill que tanto te gusta —siguió diciendo Judy.

—Odio el pollo al grill. Me gusta el cerdo al grill con salsa.

Su madre siempre se olvidaba de cuáles eran sus platos preferidos. Nate estaba convencido de que era una especie de protesta silenciosa para castigarlo por no haberle dado nietos todavía.

—Y haré también mis deliciosos rollitos de primavera caseros.

—Parecen ladrillos.

—Y te va a encantar Kay…

—¿Kay? ¿No podrían sus padres haberle puesto un nombre entero?

—… Y tal vez sea la mujer con la que por fin te cases. Y me daréis nietos. Muchos nietos. Conozco a Kay. Está hecha para tener hijos. Tiene las caderas anchas.

Nate pensó en Shannon. No podía decirse que las tuviera grandes, ni tampoco demasiado estrechas. No, estaban perfectamente proporcionadas con el resto de su cuerpo.

Su madre se sentiría decepcionada.

Nate compuso una mueca burlona. Por fortuna, estaba debajo del fregadero. Era el momento de lanzar el plan que Shannon, la de las caderas estrechas, y él habían ideado.

—Lo siento, mamá; seguro que Kay es maravillosa, pero estoy saliendo con una chica.

—¿Desde cuando?

Nate notó la suspicacia en su tono de voz.

—Anoche, en el bar de Mick —respondió, dispuesto a decir la verdad siempre que fuera posible—. Es amiga suya.

—¿La has conocido en un bar? Las chicas decentes no van a los bares a ligar con hombres —sentenció su madre.

—Ella no ligó conmigo; yo ligué con ella.

Habían hablado largo y tendido, tanto que Mick había tenido que echarlos literalmente del bar para poder cerrar. El plan era muy sencillo: se utilizarían el uno al otro como cebos para terminar con los planes matrimoniales de sus respectivas madres.

—Las chicas decentes tampoco dejan que los hombres liguen con ellas en un bar —insistió su madre.

—Ésta sí.

Nate, que había conseguido por fin que la pipeta más grande se enroscara en otra más pequeña, la giró.

La pipeta se soltó al primer intento y aterrizó en la nariz de Nate.

—¡Ay!

—¿Qué le has hecho a mi fregadero? —gritó su madre.

—¿Tu fregadero? —exclamó él a su vez saliendo de debajo con la mano en su dolorida nariz—. ¿Y qué me dices de mí?

—Siempre he pensado que tenías la nariz demasiado grande. Tal vez no le venga mal un golpecito. La tienes igual que tu padre, y la suya nunca fue demasiado atractiva.

—Gracias, mamá —respondió Nate agarrando un trapo y llevándoselo a la nariz para tratar de contener la hemorragia—. ¿Puede uno desangrarse por la nariz hasta morir?

—No. ¿Y qué pasa con el fregadero? Lo has roto, ¿verdad? Ahora el fontanero me cobrará el doble.

—Mamá, me estoy muriendo y tú sólo te preocupas del fregadero y del dinero. Ésas no deberían ser las prioridades de una buena madre…

—Para qué engañarnos, cariño —aseguró ella con una mueca—. Te quiero mucho, pero no eres muy mañoso que digamos.

—Cielos, tu fe en mí me hace sentirme especial. Y hablando de sentirse especial, ahora estoy saliendo con esta chica, así que puedes cancelar la cena del viernes con la joven de las caderas anchas.

Tal vez el solo hecho de mencionar que había una mujer en su vida fuera suficiente para que su madre se apeara de la burra durante un rato. Si así ocurría, no tendrían que seguir adelante con la segunda parte del plan.

—No, no pienso cancelar la cena —aseguró Judy—. Pero no invitaré a Kay. En su lugar podrías traer a esa ligona de bar para que conozca a tu madre. Me pregunto qué pensará esa fresca de tu nueva nariz —comentó tras levantar el trapo que Nate tenía colocado—. No parece que esté rota, sólo algo magullada.

—No es una fresca. Es una buena chica.

—¿A la que te ligaste en un bar?

—Mamá, el viernes es nuestra primera cita oficial. Uno no lleva a una chica a cenar a casa de su madre en la primera cita.

Nate sonrió para sus adentros. Discutir con su madre formaba parte del plan. Porque si se rendía fácilmente, ella sospecharía. Era muy astuta.

Pero él lo era más.

Mucho más.

Tanto que de no haberse convertido en farmacéutico, probablemente sería espía.

—Tal vez deberías traer más a menudo a tus primeras citas. Después de todo, nunca me has presentado a ninguna y sigo sin tener nietos. Quizá si traes a esta chica a esta cena se dará cuenta de que te estás tomando en serio esta relación.

—Dijiste que era una fresca. ¿Por qué ibas a querer tú que yo fuera en serio con una chica así? ¿Y quién ha dicho que vaya en serio? Es nuestra primera cita. Lo único que hemos hecho hasta ahora ha sido sentarnos en la barra del bar y beber. Si la traigo a cenar pensará que soy…

—Un chico agradable —lo interrumpió su madre—. Pensará que eres un chico agradable. La cena será a las siete. No llegues tarde.

—¿Mamá?

Shannon ya había quedado a cenar el domingo con sus padres antes de conocer a Nate. Y precisamente por eso, contra todo pronóstico, estaba deseando que llegara la velada.

—Oh, Shannon, ya estás aquí. Tengo muchas noticias. He estado muy ocupada —dijo su madre mientras ella entraba en la casa.

—Yo también —dijo Shannon besándola en la mejilla.

—Lamento que tu cena con Neil no saliera bien —aseguró Brigit arrimándole la silla que tenía al lado para que se sentara.

—Mamá, tienes que dejar de organizarme encuentros. No me interesan.

—Te he conseguido una cita para el próximo sábado por la noche —continuó diciendo su madre como si Shannon no hubiera dicho nada—. Es un chico encantador. Se llama Shelby.

—Lo siento, mamá, pero no puedo.

—Mira, Shannon, ya te estás poniendo difícil otra vez. Ya sé que tienes un problema con los nombres. No me he parado a pensar en si Shelby y Shannon casan bien juntos, pero querida, déjame decirte una cosa: un hombre es mucho más que su nombre, y...

—Mamá, de verdad que no se trata de eso.

—Y sé que piensas que todo este asunto de la boda viene por mi apuesta con esa mujer, y tal vez eso fue lo que lo instigó, pero Shannon, querida, afrontémoslo: ya no eres ninguna jovencita. Ya es hora de que te asientes y encuentres la felicidad. Porque tu padre ha llenado mi vida de una alegría tal que me gustaría que tú encontraras un hombre como él.

—Mamá, yo...

—Y sé que a ti te gusta llevarme la contraria —siguió diciendo su madre sin escucharla—. Sé que detestas todo lo que yo te sugiero porque...bueno, porque eres un poco difícil, querida.

Shannon estuvo a punto de decir, como de costumbre, que si era difícil era porque había tenido una buena maestra. Pero no pudo hacerlo porque Brigit levantó la mano para detenerla con un gesto antes de hablar.

—Sí, sí, sabes que es así. Lo único que te pido

es que no te niegues a conocer a Shelby sólo porque yo te lo haya sugerido. No te estoy pidiendo que te cases con él mañana.

—No, me estás pidiendo que me case con él en junio.

—A finales de junio —la corrigió su madre—. Eso te deja tiempo de sobra para llegar a conocerlo bien. Pero no es eso lo que me preocupa. Sencillamente, me gustaría que conocieras a un chico agradable. Shelby es podólogo. Es…

—Mamá, si te detuvieras un instante a tomar aliento te diría que no puedo quedar con Shelby porque ya estoy saliendo con una persona. No es por la cuestión de los nombres, aunque desde luego en este caso tampoco ayuda.

—¿Lo ves? Sabía que eso sería un problema —murmuró su madre entre dientes.

—No se trata de los nombres. Es que estuve pensando en lo que me dijiste el otro día sobre que siempre me enfrentaba a tus deseos, y me di cuenta de que tenías razón. Si quieres que considere la idea del matrimonio, lo haré. De hecho, he encontrado a un hombre que me gusta de verdad. Hemos quedado para la semana que viene.

—¿De verdad? —preguntó su madre con suspicacia.

—De verdad —le aseguró Shannon—. Mamá, tal vez no estemos siempre de acuerdo en todo, pero nunca te miento. Sí, he conocido a un hombre después de despedir a Neil con cajas destempladas. Se llama Nathan Calder y me gusta.

Aquello no era ninguna mentira. Le gustaba Nate. Se sentía físicamente atraída hacia él. Después de todo, aquel hombre le daba un nuevo significado a la expresión «Alto, guapo y moreno». Pero era más que eso. Parecía realmente un tipo simpático, alguien con el que se podía hablar. Con los pies en la tierra.

Se habían pasado la noche hablando sentados en el bar de O'Halloran y no habían perdido el tiempo. Habían concebido un plan para hacerse cargo de las obsesiones de sus respectivas madres.

Shannon quería seguir siendo fiel a su lema de usar a los hombres y luego tirarlos, pero si estuviera buscando pareja, le echaría un vistazo a Nate. O incluso dos.

—Creo que te gustará —le aseguró a su madre.

«Si conocieras al verdadero», añadió para sus adentros. Pero si las cosas salían según las habían planeado, a Brigit O'Malley no le gustaría ni lo más mínimo Nathan Calder.

—¿Me lo vas a presentar?

—Sí. Tal vez el próximo fin de semana. Deja que lo hable con él y ya te diré cuándo.

Shannon se pasó el resto de la visita recreándose en el éxito de su primer paso. Su madre estaba a punto de aprender una lección muy importante: «Ten cuidado con lo que deseas... porque tal vez lo consigas».

Oh, sí. Su madre quería que ella encontrara una pareja adecuada, y aquello era exactamente lo que iba a hacer.

Aunque dudaba mucho de que Brigit pensara en ella saliendo de la iglesia vestida de novia montada de paquete en una Harley.

Shannon Bonnie O'Malley, ¿quién lo hubiera pensado?

Shannon se hizo a sí misma aquella pregunta retórica mientras contemplaba su propia imagen en el reflejo del espejo.

Le gustaba mucho lo que veía.

Shannon tenía una visión bastante realista de sí misma. No era una preciosidad, pero tampoco era tan fea como para que su madre hubiera tenido que atarle una ristra de chorizos al cuello de pequeña para que al menos los perros jugaran con ella. Normalmente no estaba mal del todo.

Pero aquel día...

Bueno, ¿quién hubiera imaginado que la ropa interior adecuada pudiera causar tal diferencia? Después de haber concretado con Nate el plan la otra noche había hecho un viaje urgente a la tienda de lencería para prepararse para la cita y se había dejado aconsejar por la dependienta.

La mujer y su ropa interior; no la suya, sino la de la tienda, eran increíbles.

Braguitas mínimas que tapaban lo justo.

Y un sujetador que resaltaba los pechos, y que Shannon nunca hubiera imaginado que tenía.

De hecho, el sujetador era la prenda más interesante que había visto en su vida. Tenía una pequeña bomba de inflar que podía apretarse hasta conseguir la talla adecuada de pecho.

De acuerdo, era un pecho falso, pero nadie se daría cuenta, pensó mientras volvía a contemplar en el espejo el escotazo de su vestido rojo nuevo, vestido que le provocaría a su madre un ataque al corazón y convencería a la de Nate de que insistir en lo de los nietos no era una buena idea, sobre todo si Shannon era la candidata a convertirse en su madre.

Dio un paso atrás para contemplar el efecto en toda su dimensión. El escote le llegaba prácticamente hasta las rodillas, y además estaba abierto por los lados casi a la altura de las braguitas.

Shannon terminó de aplicarse generosamente el maquillaje y observó los resultados.

Sí, estaba segura de que lograría convencer a la madre de Nate de que era una bailarina de strip-tease.

No, aquello no sonaba bien.

Si de verdad lo fuera encontraría aquel término insultante. Degradante incluso.

Aunque se estuviera desnudando por dinero, todavía tenía sentido del honor.

«Bailarina exótica».

Sí, ésa sería la denominación que preferiría. Sonaba mucho más digno.

Sonó el timbre de la puerta y Shannon consultó su reloj. Nate llegaba puntual. Eso le gustaba.

Se deslizó dentro de sus botas de tacón de aguja, les subió la cremallera hasta la rodilla y se dirigió hacia la puerta.

La abrió y se fijó antes que nada en la cara de Nate para observar su reacción al encontrarse con la bailarina exótica con la que había quedado.

Verlo con la boca abierta hasta el suelo era exactamente lo que Shannon había esperado.

—¿Significa eso que lo he conseguido? —preguntó.

—Por supuesto que sí, pero estoy seguro de que mi madre se va a desmayar. Me dijo que sólo las chicas fáciles se dejaban ligar en los bares, y cuando te vea le va a dar un infarto. De hecho, creo que después de conocerte mi madre intentará que me vaya de nuevo a vivir a su casa para protegerme.

—¿Crees que necesitas protección? —preguntó Shannon con la voz más aguda que fue capaz de articular.

Había llegado a la conclusión de que si era bailarina exótica tendría que tener una voz extremadamente sensual, y llevaba toda la semana practicando.

—No creo que ningún hombre en su sano juicio quisiera protegerse de ti. Pero pienso que todas las madres del mundo querrían encerrar a sus hijos antes de que una bailarina de strip-tease como tú los...

—Prefiero que utilices el término «bailarina exótica», si no te importa —lo interrumpió Shannon, satisfecha por haber conseguido decir aquella frase sin reírse.

Ella lo había conseguido, pero Nate no pudo.

Explotó en una carcajada.

—Eso esta bien. Muy bien. ¿Sabes? Podías haber sido actriz en lugar de profesora.

—Creo que no deberías reírte de esa forma. ¿Cómo se supone que vas a convencer a tu madre de que estás perdidamente enamorado de mí si no interpretas bien tu papel?

—Lo siento —se disculpó Nate juntando las palmas de las manos—. No volverá a ocurrir.

—Eso espero. No sólo me preocupa que estropees la actuación con tu madre. Eso sería tu problema, después de todo. Pero necesito saber que serás capaz de convencer a la mía cuando te la presente mañana.

—No sé si conseguiré dar el pego tan bien como tú.

—Me lo tomo como un cumplido.

—Es que lo es. Pero déjame comentarte que Shannon no es un buen nombre para una bailarina de strip-tease.

—Ya he pensado en eso. Y te agradecería que recordaras que soy una bailarina exótica. Cuando bailo, utilizo el nombre artístico de Roxy.

—Roxy es genial —aseguró Nate con una carcajada—. Me parece que te estás divirtiendo mucho con esta historia.

Shannon lo observó con atención, recreándose en su imagen. Y menuda imagen era aquélla. Tenía un aire a lo Cary Grant, ese tipo de hombre al que le quedaban de maravilla los trajes, pero del mismo modo iba impecable con unos pantalones vaqueros y camiseta.

Se preguntó qué aspecto tendría con un esmoquin.

Trató de imaginárselo.

Oh, sí, Nate Calder estaría maravilloso vestido de esmoquin. Tenía los hombros anchos, y la chaqueta le colgaría cómodamente.

De hecho, ella también se sentiría muy cómoda entre aquellos brazos dado el caso. No esperaba tener que envolverse entre los brazos de Nate a menos que fuera necesario para su actuación.

Pero si tuviera que hacerlo, suponía que encajaría bien en ellos.

Envuelta entre los brazos de Nate.

La imagen mental de él abrazándola con tanta fuerza que podía escuchar los latidos de su corazón se desvaneció de golpe cuando él habló.

—Vayámonos. No quisiera llegar tarde a la cena de mi madre. Espero que hayas seguido mi consejo y hayas comido algo antes. Tal vez mi madre sea conocida por su obsesión por tener nietos, pero no es famosa por su cocina. Especialmente por su pollo al grill.

—¿Tan malo es? —preguntó Shannon.

—Peor.

La Harley de Nate estaba aparcada en la acera de casa de Shannon mostrando todo su esplendor.

—Vaya, qué moto tan estupenda.

—Es un clásico —alardeó Nate—. Una Fatboy. Todavía no me creo la suerte que tuve al encontrarla. ¿Crees que te despeinarás mucho con esto? —preguntó pasándole un casco plateado.

—No. Llevar el pelo corto tiene sus ventajas. Me lo echaré para atrás cuando lleguemos.

—Entonces, adelante.

Subirse a una moto con tacones de aguja resultó más difícil de lo que Shannon había imaginado. Utilizó el hombro de Nate para mantener el equilibrio.

Él se colocó en posición y encendió el motor.

Pero no arrancó.

Volvió a intentarlo.

Y una vez más.

Nate se giró y le dedicó una sonrisa angelical.

—Lo siento. Acabo de sacarme el carné y todavía no le he pillado el truco del todo.

—¿Te sentirías ofendido si me ofrezco a arrancarla?

No quería herir sus sentimientos. A pesar de sus bravuconadas, los hombres solían tener el ego muy frágil.

—Conduzco motos desde que iba al instituto —se explicó Shannon—. Salía con Johnny Palmer, el chico malo de la residencia, y él me enseñó.

Aquello no fue lo único que aprendió de Johnny. Una noche que se puso pesado y Shannon tuvo que darle una bofetada para convencerlo de que «no» quería decir «no», aprendió a hacer autostop porque Johnny la dejó en el arcén de la carretera.

—¿Tienes moto? —le preguntó Nate.

—No tengo, pero sé conducirlas.

—¿Podrías arrancar una con esos tacones?

—Lo intentaré —respondió ella con una mueca.

Nate se bajó de la Harley y se quedó de pie al lado mientras Shannon se deslizaba hacia la parte delantera, encendía el contacto y la máquina cobraba vida con el característico ronroneo de las Harley.

—Ya lo tienes —exclamó en voz alta para hacerse oír por encima del ruido.

—¿Por qué no la llevas tú? —sugirió Nate.

—¿Estás seguro?

Shannon escudriñó su rostro. Parecía hablar en serio. La mayoría de los hombres que conocía no estarían dispuestos a ser vistos por la ciudad en la parte de atrás de una moto conducida por una mujer.

—Claro que estoy seguro. Yo tengo cierta tendencia a calarla. Y mamá se pondrá furiosa si llegamos tarde. ¿Querrías darme clase en otro momento?

Shannon podía pensar en un par de clases que le gustaría darle a Nathan Calder, pero no se lo comentó a él.

Sus citas eran puro teatro. Eran compinches, nada más. Y por supuesto, ella no buscaba otra cosa. Quería seguir viendo comedias románticas y no depilarse las piernas.

Por supuesto, aquella noche se había depilado. El vestido era demasiado corto. Pero en cuanto acabaran con los planes de boda de sus madres, volvería a su costumbre de no afeitarse… al menos no muy a menudo.

—Vamos —dijo Nate

Shannon asintió con la cabeza y esperó a que él subiera a la moto. Luego le rodeó la cintura con los brazos. La parte superior de su mano derecha rozaba la base de uno de sus pechos. Shannon deseó que no hubiera un globo lleno de aire separando sus senos de la mano de Nate. Le gustaban sus manos.

Pero apartó enseguida aquel pensamiento. No mantenía una relación real con él. Eran socios. Conspiradores. Debía recordarlo, a pesar de su aire a lo Cary Grant.

—Allá vamos —gritó Shannon mientras apretaba el acelerador con el pie, metía la primera marcha y enfilaba la calle, dispuesta a comenzar el juego.

Capítulo 3

—MAMÁ, ya estamos aquí —exclamó Nate mientras abría la puerta de casa de sus padres y entraba en el salón de paredes verde lima y de moqueta gris acero.

Con el paso de los años había terminado por acostumbrarse a la extraña elección de colores de su madre, y no solía pensar en ello. De hecho, le gustaban los tonos brillantes y algo salvajes. Pero observó la expresión de asombro en ojos de Shannon y se preguntó si ella no preferiría algo más calmado.

No, con aquel vestido no tenía aspecto calmado. Parecía una chica de calendario, una fantasía de mujer.

No solamente «su» fantasía, sino la de cualquier hombre. Aquel vestido...

Nate se obligó a sí mismo a concentrarse en el trabajo que se traían entre manos, y que no era otro que convencer a su madre de que olvidara aquella historia de la esposa y los hijos.

Y después de todo, el vestido de Shannon no era más que un medio para conseguir aquel fin.

—¿Mamá? ¿Papá? —gritó—. Deben de estar en la cocina.

Shannon se quedó quieta y alisó nerviosamente una arruga invisible de su vestido.

Había desaparecido el espejismo de una bailarina exótica llamada Roxy y en su lugar había una profesora de arte nerviosa.

—¿Qué te ocurre? —le preguntó Nate con dulzura.

—No les voy a gustar —respondió ella con un suspiro.

—No les va a gustar que yo salga con una bailarina de strip-tease.

Aquél era el plan. A los padres de Nate no les gustaría ella, a los padres de Shannon no les gustaría él, y no se hablaría más de boda.

—Bailarina exótica —lo corrigió Shannon como si llevara años haciéndolo—. Normalmente le gusto a la gente —añadió.

—Querida Shannon —dijo Nate utilizando el apodo con que la llamaba Mick—. No tenemos por qué hacer esto. De cualquier modo, era una locura.

Se suponía que aquello tenía que ser divertido, pero Shannon no parecía estar pasándoselo bien. En absoluto.

—No, no, estoy bien —aseguró ella con un ligero escalofrío—. Digamos que ha sido como una especie de miedo escénico. No es una locura. Bueno, tal vez lo sea, pero nuestras madres están locas y tenemos que luchar con fuego contra el fuego. Adelante —dijo estirándose y dedicándole una sonrisa.

—Shannon, de verdad que no tienes por qué…

—Vamos, grandullón. Roxy nunca se pierde una entrada en escena.

Sonrió, y Shannon, la profesora de arte, fue sustituida por una bailarina de strip-tease. Bailarina exótica, se corrigió a sí mismo, llamada Roxy.

—¿Seguro que estás dispuesta? —insistió Nate.

—Tú mira y aprende, motero —respondió ella golpeándole suavemente la mejilla—. Voy a demostrarte cómo se hace. Y no te olvides de que mañana tú tendrás que interpretar tu papel.

Nate se giró y escuchó un ruido proveniente de la cocina.

—Creo que es hora de que dé comienzo el espectáculo.

Su madre apareció detrás de la esquina.

—Nate… —comenzó a decir mirándolo con una enorme sonrisa dibujada en la cara.

Hasta que vio a Shannon.

La sonrisa desapareció de golpe y fue sustituida por una expresión que podría calificarse de terror.

Pero la madre de Nate trató de disimular: extendió la mano, compuso una sonrisa falsa y dijo:

—Tú debes de ser la nueva amiga de Nathan.

—¡Oh! Encantada de conocerla, señora Calder —

respondió Shannon estrechándole la mano con excesivo entusiasmo—. Vamos, que no es frecuente que los chicos me presenten a sus madres ni aunque lleve mucho tiempo saliendo con ellos. Y mira, llega Nate y me trae aquí en nuestra primera cita. En cuanto lo vi entrar por la puerta del bar supe que era especial.

—Ah, sí, el bar —dijo Judy al mismo tiempo que su marido entraba en el salón—. Paul, ésta es la amiga de Nate.

Nate estaba seguro de haber escuchado un tono cercano al horror cuando pronunció la palabra «amiga».

—Querida, creo que no he escuchado bien tu nombre...

Shannon soltó una carcajada, una risa profunda que provocaría que los pensamientos de cualquier hombre se dirigieran hacia el terreno sexual.

Nate se preguntó si aquello formaría parte de la actuación o sería su risa normal. No sabría decirlo, y tampoco iba a preguntárselo. Prefería pensar que formaba parte del teatro.

—Shannon, señora. Shannon O'Malley, aunque en el trabajo me llaman Roxy.

—¿En el trabajo? —preguntó Judy.

—Sí. Mi jefe dice que Shannon no provoca en los hombres el tipo de imagen adecuada. Y las imágenes evocadoras son nuestra especialidad.

—¿A qué te dedicas, Shannon? —preguntó el padre de Nate.

Nate dio un paso atrás para contemplar el efecto de sus palabras.

—Pues soy bailarina exótica —aseguró Shannon con una mueca—. ¿No se lo había contado Nate?

—¿Cómo? —preguntó su madre tragando saliva.

El padre no dijo nada. Se quedó allí de pie, mirando alternativamente a Nate y a Shannon.

—Bailarina exótica —repitió ella.

—Bailarina de strip-tease —explicó Nate.

—Ya te he dicho que no me gusta esa palabra —aseguró Shannon agarrándolo con fuerza del codo—. Suena sucio. Yo me dedico a esto porque se me da muy bien y porque necesito trabajar para vivir. Pero no es algo rastrero.

—¿Bailarina de strip-tease? —dijo Judy con un hilo de voz.

—El local es muy agradable, señora. El dueño, sabe usted, no deja que nadie moleste a las chicas. Nos cuida. ¡Incluso tenemos seguro médico, y ya sabe lo caros que son! Mi amiga Candy, que en realidad se llama Patricia, tiene dos hijos. Su marido, que era un maltratador, la abandonó y no le pasa ninguna pensión por los críos. Así que ella trabaja en el turno de día.

—¿Los locales de strip-tease tienen turno de mañana? —preguntó el padre de Nate.

—El nuestro, sí —aseguró Shannon asintiendo repetidas veces con la cabeza—. Veinticuatro horas al día, siete días a la semana.

—La cena ya está lista —dijo Judy—. ¿Por qué no nos sentamos?

Nate tomó a Shannon del brazo y siguió a sus padres hacia el comedor.

—Lo estás haciendo fenomenal —le susurró.
—Sí, es verdad —respondió ella con una mueca.
Nate casi podía ver cómo los planes de su madre respecto a los nietos se desvanecían a toda prisa. Sí, Shannon estaba haciendo un gran trabajo.

Pero a medida que transcurría la cena, Nate se dio cuenta de la cosas no estaban saliendo tal y como él las había planeado.

Shannon no paraba de hablar del club de striptease, de Candy y sus dos hijos y de Marcy, la bailarina que trabajaba para pagarse los estudios. Entrelazaba historias intrincadas que tenían a la familia pendiente de cada palabra que salía de su boca.

—Una noche —dijo Shannon inclinándose hacia delante y mostrando unos encantos que Nate no se había dado cuenta de que tenía—, una noche que estaba haciendo mi número y me había quedado en braguitas y ligas, un tipo se subió al escenario. Mi jefe no permite que nadie nos moleste, así que Bruno, nuestro guardaespaldas, saltó y agarró al tipo antes de que pudiera tocarme. Pero antes tuvo tiempo de tirarme de una liga, lo que significa que me quedé allí expuesta y...

Shannon se detuvo un instante, y si Nate no hubiera sabido que estaba actuando hubiera jurado que se sentía verdaderamente avergonzada por el incidente, como si hubiera ocurrido de verdad.

—Oh, querida, ¿y tú qué hiciste? —preguntó su madre.

—Por supuesto, me tapé como pude. Quiero decir, que yo me desnudo, pero de cintura para arriba. No nos quitamos toda la ropa. Pero entonces, ese tipo me lanzó su chaqueta y antes de que me diera cuenta tenía una pila de chaquetas y camisas a mis pies. Agarré una de ellas, me la puse y terminé de bailar. Tendrían que haber visto las propinas que saqué aquella noche.

—Vaya, aquellos hombres se comportaron como caballeros —dijo Judy con aprobación.

Si no fuera por lo bien que la conocía, Nate se hubiera atrevido a decir que su madre estaba impresionada.

—La mayoría de los hombres que van al local son caballeros. Están muy solos. Parte del trabajo consiste en salir entre actuación y actuación y hacerles compañía. Muchos de ellos son felices sólo con tenernos cerca y hablar con nosotras. A veces me siento un poco mal por ellos.

Maldición, estaba interpretando a la bailarina de strip-tease tierna, no a la de corazón de piedra.

Nate miró de reojo a su madre. Siempre había sido una blanda, y con sólo mirarla supo que la historia de Shannon, alias Roxy, la había cautivado.

—Querida, nunca lo había visto desde ese punto de vista. ¿Por qué otro motivo irían los hombres a un sitio así? Van porque están solos.

Nate hubiera podido jurar que a su madre le temblaba la voz.

—No todos van por eso, mamá —se sintió obligado a decir.

—Por supuesto que sí —insistió Judy.

—Los pobres no saben cómo actuar con las mujeres —aseguró Shannon como si lo hiciera con conocimiento de causa.

—Tal vez deberíamos crear un grupo de apoyo para hombres que frecuentan bailarinas de strip-tease.

—Bailarinas exóticas —corrigió Shannon.

—Bailarinas exóticas —dijo también su madre—. Podríamos buscar a un buen psicólogo y que tú trajeras folletos del trabajo para repartirlos entre los hombres. Les enseñaríamos a tratar con mujeres en el mundo real. A conocer buenas chicas.

—Eh, nosotras somos buenas chicas —intervino Shannon.

—Por supuesto que sí, querida. Pero tú ahora estás saliendo con Nathan; tu compañera estudiante no tiene tiempo para tener una relación, y la otra tiene niños pequeños y un ex molesto. Los caballeros del club están llenos de problemas. Necesitamos presentarles a tus amigas hombres sin cargas emocionales propias para que puedan ayudarles a llevar las suyas. Podríamos…

—Mamá, si reformas a los clientes y salvas a todas las bailarinas, el club dejará de ser negocio —dijo Nate propinándole a Shannon una patada por debajo de la mesa.

—Eso es verdad —reconoció ella—. Mi jefe es un buen tipo y lleva el club con limpieza, pero no creo que sea tan bueno como para permitir que tomemos las riendas del negocio. Estoy segura de que no permitiría que entregáramos folletos.

—Supongo que tienes razón —dijo la madre de Nate con un suspiro—. Pero creo que hablaré con algunas amigas de la ciudad para formar un grupo de apoyo, en cualquier caso. No nos limitaremos sólo a tu club, ¿qué te parece?

—Yo…

—Cariño —intervino Paul Calder—, creo que estás presionando a Shannon. Ésta es la primera vez que viene a cenar con nosotros, después de todo. Ya habrá más ocasiones.

—Tienes razón. Shannon, ya hablaremos de esto la próxima vez que vengas. Ahora centrémonos en el postre. He hecho tarta de lima, la favorita de Nate.

—Estupendo —tuvo que decir él con una sonrisa forzada ante la mirada expectante de su madre.

Estupendo. Sencillamente estupendo.

Su madre había dado a entender que esperaba volver a quedar con Shannon para cenar, lo que significaba que le había caído bien.

Le había caído bien aunque pensara que era Roxy, la bailarina exótica.

Y para colmo, iban a tomar de postre tarta de lima, su «favorita».

Nate odiaba la tarta de lima.

—Que sí, mamá —dijo Shannon suspirando con fuerza para que se notara a través del teléfono.

—Te he oído, señorita.

—¿Qué has oído? —preguntó Shannon, aunque conocía la respuesta.

Era mejor seguirle el juego. Después de todo, su madre tenía que creer que era reacia a llevar a Nate a casa.

—El suspiro —dijo Brigit—. ¿Es mucho pedirte que me presentes a ese hombre? La semana pasada dijiste que ya lo habíais hablado.

—Te dije que se lo había comentado. Pero no te lo aseguré. Si sólo quisieras conocerlo sería una cosa, pero es que tú quieres una boda y pretendes comprobar su capacidad para ser el novio. Y eso es algo muy distinto.

—Shannon, ya sabes que yo sólo quiero lo mejor para ti, y...

—¿Has hablado con Kate esta semana? —preguntó su hija.

Si de verdad estuviera tratando de evitar presentarle un hombre a su madre, intentaría desviar su atención.

—Estás intentando cambiar de tema —la acusó Brigit.

Shannon se alegró de que su madre no pudiera verla sonreír de oreja a oreja.

—No es verdad —dijo—. Sólo me preguntaba si habíais hablado.

—No —respondió su madre con la voz cargada de desconfianza—. Iba a llamarla después de hablar contigo.

Shannon sonrió. Su estrategia consistía en despistar a su madre, y le tenía preparada una bomba que estaba a punto de lanzar.

—Parece que Cara está en Texas —le espetó.

—¿En Texas? ¿Cómo lo sabes? ¿Es que crees que Cecilia la ha enviado allí? Tal vez espera que su hija encuentre algún vaquero. Dios sabe que esa chica no va a encontrar ningún hombre aquí, en Erie.

—Si la señora Romano se está tomando esta apuesta tan en serio como tú, no me sorprendería que estuvieran tramando algo. Después de todo, tú te enterarías de cualquier operación que llevaran a cabo en Erie, pero Texas… es un estado muy grande. Quién sabe qué estarán tramando esas dos.

—Bueno, será mejor que llame a Mary Kathryn.

—Kate —corrigió su hija.

—Kate —repitió su madre exhalando un suspiro—. La llamaré y veré si ella sabe algo.

—Estupendo. Adiós, mamá.

Apenas había apartado el auricular unos milímetros de la oreja cuando escuchó a su madre gritar.

—¡Oye! Aunque me hayas dado un nuevo motivo de preocupación, no me he olvidado de que espero que me presentes a ese chico.

—Es un hombre.

—Os espero esta noche para cenar.

—Iremos si me prometes que no sacarás el tema de la boda.

Silencio.

—¿Mamá?

—De acuerdo. No pronunciaré la palabra boda. Os espero a las cinco. Estoy deseando que llegue el momento —aseguró su madre antes de colgar.

—Yo también —murmuró Shannon para sus adentros.

Al menos esperaba que las cosas salieran bien. La noche anterior no había salido como planeaban.

Tenía que admitir que había sido culpa suya.

Le había perdido perdón a Nate, y aunque él había aceptado sus disculpas todavía estaba un poco molesto cuando la llevó a casa.

Shannon sabía dónde estaba el problema. Era una maldición.

Quería gustar.

Le echaba la culpa a la sociedad. A las mujeres se las educaba para gustar, para ser agradables. Estaban socialmente predispuestas a querer ser aceptadas.

Lo que parecía ser el sonido de una Harley Davidson interrumpió el curso de sus pensamientos. Cada vez se oía más cerca, y a Shannon le dio un vuelco al corazón.

No se trataba de que estuviera nerviosa porque fuera a ver a Nate.

Por supuesto que no se trataba de eso.

Seguramente el corazón le latía con más fuerza porque temía que él siguiera enfadado. Y no podía culparlo por ello. Una pequeña parte de Shannon había estado temiendo que Nate no apareciera aquel día. Por supuesto, eso no le habría importado desde un punto de vista personal, porque después de todo apenas se conocían. No, lo único que le preocupaba de que no se presentara era que Shannon necesitaba sacarse de encima a su madre.

Pero Nate había aparecido, a pesar de lo sucedido la noche anterior. Judy la había invitado a cenar el siguiente fin de semana. Bien, utilizaría esa nueva oportunidad para tratar de enmendar el mal que había hecho. Llevaría su comportamiento de bailarina exótica todo lo lejos que pudiera y haría todo lo posible para caerle mal a la madre de Nate.

Shannon no pensaba pararse a pensar por qué el hecho de volver a verlo el siguiente fin de semana le producía cierta satisfacción.

Nate era un tipo simpático, pero eso no significaba que ella buscara algo más allá de la alianza amigable que habían formado.

Shannon esperó a que llamara a la puerta aunque sabía que ya había llegado. De hecho, con el ruido que hacía la Harley, todo el vecindario se había enterado de su llegada. Pero no quería parecer demasiado… ¿nerviosa? ¿Excitada?

Lo que fuera. Sencillamente, no le apetecía que Nate pensara que se alegraba demasiado de verlo. Se estaba haciendo la dura a pesar de que el corazón le latía a toda prisa y le sudaban las manos.

Escuchó cómo llamaban en la entrada principal y abrió un segundo después de que Nate hubiera apartado los nudillos de la puerta de madera.

Él dio un paso atrás, obviamente sorprendido por la rapidez con la que había abierto.

No le estaba saliendo muy bien su estrategia de hacerse la dura.

—Hola, Nate —lo saludó con fingida naturalidad.

—Hola —respondió él sin sonreír.

Seguía enfadado. Maldición.

—Vamos, Nate, ya te dije que lo sentía. Te juro que para cuando hayamos terminado de cenar la semana que viene tus padres te estarán suplicando que no vuelvas a verme. Tu madre te asegurará que no le importa esperar a ser abuela, al menos hasta que encuentres a la mujer adecuada. Lamento mucho haberles caído bien.

—Bueno, lo del grupo de apoyo tuvo su gracia —reconoció Nate sonriendo casi a su pesar—. En fin: ¿estás preparada para darme la clase?

Habían quedado en que sería mejor que Nate llevara la moto cuando llegaran a casa de los padres de Shannon, así que le había sugerido que pasaran la tarde practicando.

Estaba segura de que si era capaz de enseñar a los niños a apreciar el arte, también podría enseñarle a Nate a llevar una Harley sin que se le calara. O eso esperaba. Así, cuando aquella farsa terminara, él no sólo se habría librado de la presión de su madre, sino que también sería capaz de llevar su moto.

—Estoy lista —aseguró—. He pensado que lo mejor será ir al aparcamiento de la escuela. Está prácticamente desierto los fines de semana.

—Estupendo. Tú conduces ahora y yo a la vuelta.

Capítulo 4

—MUY bien, Nate —dijo Shannon cuando una hora y media más tarde le soltó las manos de la cintura para bajarse de la moto.

Luego se quitó el casco, lo colocó en la parte de atrás y se pasó la mano por su cabello corto mientras le sonreía.

—Has hecho todo el camino de vuelta a casa sin que se te calara ni una vez. Creo que ya lo tienes.

—Gracias a ti —reconoció Nate poniendo la pata de cabra de la moto y apoyando el peso de la máquina en ella.

—Qué va. Lo habrías conseguido tú solo. Te hacía falta práctica, nada más.

—¿A qué hora tenemos que estar en casa de tus padres? —preguntó él.

—A las cinco. Hay tiempo.
—¿Tiempo para qué? —quiso saber Nate.

Había un cierto brillo en los ojos de Shannon que lo puso nervioso. Habían hablado de las clases de conducir y de la cena, pero no habían hecho más planes para el resto del día, de eso estaba seguro.

—Tiempo para llevarte a ver a mi amigo Emilio.

¿Emilio? Sin poder evitarlo, Nate sintió una punzada de algo parecido a los celos, aunque se aseguró a sí mismo que no se trataba de eso. Tal vez habría cogido frío mientras montaba en moto.

—¿Y por qué vamos a ver a ese tal Emilio? —preguntó con más agresividad de la que le hubiera gustado expresar.

—Porque te vas a hacer ese tatuaje que querías —respondió ella con una mueca.

—Creo que no —aseguró Nate con cautela.

Había jugado con la idea de hacerse un tatuaje, pero aquello ciertamente no casaba con su vida normal y, además… Bueno, no le gustaban las agujas.

No era una fobia exagerada, y por eso no se le había comentado a Shannon, pero no le gustaban, eso era todo.

No le gustaban ni lo más mínimo.

No estaba dispuesto a hacerse un tatuaje.

—No. Nada de tatuajes.

—Confía en mí —dijo Shannon.

—Entonces, ¿qué te parece? —le preguntó Nate mientras se bajaba de la moto que había aparcado en medio del sendero perfectamente cuidado de casa de los padres de Shannon.

A su madre le daría un ataque al ver una Harley en su jardín. Por eso ella le había pedido que la dejara allí.

Shannon se quedó de pie al lado de la motocicleta. Se había vestido del modo más inocente y modesto que pudo: una camisa azul pálido de manga larga, unos pantalones vaqueros y zapatillas de deporte blancas. Quería contrastar con el atuendo de Nate.

Ella le había ayudado a escogerlo, y estaba convencida de que habían hecho un gran trabajo al transformar su aspecto de farmacéutico profesional en del de un duro motero.

Nate llevaba puesta una camiseta negra sin mangas bajo la chaqueta de cuero.

De acuerdo, no tenía el pelo largo, pero se lo había arreglado de manera que pareciera más salvaje. Se había puesto unas gafas de sol oscuras que ocultaban sus cálidos ojos marrones. Unos vaqueros desgastados y unas botas de montar de cuero completaban el conjunto.

O casi.

—¿Y bien? —preguntó él doblando el codo de modo que la sirena de su antebrazo se moviera de modo sugerente.

Era un tatuaje falso, pero nadie lo hubiera dicho.

Emilio era muy bueno. Era fantástico, pensó Shannon con un punto de orgullo de profesora. Era uno de los mejores estudiantes que había tenido, una de esos talentos excepcionales que sólo esperaba la oportunidad de desarrollarse.

—A mi madre le va a dar algo —aseguró admirando el trabajo de Emilio—. No le gustan los hombres con tatuajes. Está buscando alguien con carrera para mí. Veamos: me ha concertado citas con su contable, con el director de su banco e incluso lo intentó con su ginecólogo.

—Así que ella está buscando a alguien con carrera. ¿Y tú qué buscas? —preguntó Nate poniéndose súbitamente serio y mirándola por encima de sus gafas de sol.

—Alguien a quien amar.

Aquellas palabras le salieron sin pensar. Shannon sintió cómo le ardía la cara. Qué cosa más estúpida acababa de decir.

—No quería decir eso.

—Te has sonrojado —dijo Nate—. ¿Por qué te da vergüenza decir que quieres amar a alguien?

—Suena tan... no sé... tan infantil... Pero es la verdad. Quiero alguien especial. No pienso conformarme con menos que el amor sólo para que mi madre no pierda una apuesta. Quiero lo que tienen mi padre y ella, lo que Kate ha encontrado en Tony.

—Bien por ti —dijo Nate mientras ambos se encaminaban hacia la puerta.

—¿Y tú? —preguntó ella deteniéndose antes de que subieran los escalones—. ¿Tú qué estás buscando?

—No lo sé. Creo que los hombres no perdemos el tiempo pensando en esas cosas.

—Pero si no piensas en ello, ¿cómo vas a saber lo que quieres?
—Supongo que cuando llegue el momento lo sabré.

Shannon encontró aquella respuesta de lo más decepcionante. Pero no le importaba lo que Nate buscara en una mujer, por supuesto que no. Lo único que a ella le preocupaba era aquella reunión con sus padres.

—Lo que busques no importa hoy. Lo que importa es que trates de ser lo más impactante posible. Quiero que mi madre le devuelva ese vestido a Kate. Quiero que deje de considerar a todos los hombres que conoce como maridos potenciales para mí. Quiero que anule los planes de boda y que deje de llamar a todos los sacerdotes de la ciudad.

—Lo haré lo mejor que pueda —aseguró Nate con una mueca.

Subieron los escalones y entraron en el porche. La madera del suelo crujió con sus pisadas.

Shannon prefirió llamar antes que utilizar su propia llave para entrar. Iban a interpretar una entrada triunfal, y no tendría sentido si nadie la veía.

—Por cierto, Roxy —dijo Nate con una sonrisa diabólica—. Yo también tengo un nombre nuevo.

—¿De veras? —preguntó ella pensando que la cosa se ponía interesante—. ¿Y cuál es?

—Toro.

—Está muy bien —aseguró Shannon con una carcajada—. Suena muy motero.

—Pensé que te gustaría. Yo…

Nate se interrumpió cuando se abrió la puerta.

La madre de Shannon estaba allí, con una sonrisa en la boca... sonrisa que se desvaneció en cuanto vio a Nate.

—¿Shannon? —preguntó sin apartar la vista de él, como si no pudiera dejar de mirarlo para comprobar que su hija estaba allí.

Ni siquiera vio la moto aparcada en su sendero, de tan horrorizada que estaba.

—Hola, mamá —dijo su hija con alegría, satisfecha de la reacción de su madre—. Éste es mi amigo Nate. Nate Calder.

—Pero llámeme Toro —dijo él—. Así es como me llaman mis amigos. Creo que se ajusta más a mi personalidad que Nate.

—¿Toro? —repitió Brigit apenas sin fuerza.

—Sí.

Shannon fue consciente del momento en que su madre vio la moto. Pareció disgustarse todavía más, si es que aquello era posible.

—¿Es ése su... vehículo? —preguntó con un hilo de voz apenas audible.

—¿Mi moto? Sí. ¿Verdad que es una preciosidad? Las motos son como las mujeres, cada una tiene su propia personalidad, su propio estilo. Necesitan el hombre adecuado para conducirlas. Mi moto, igual que Shannon, es una dama, una señora. No me imagino cómo puedo gustarles a las dos, pero me alegro de que así sea.

Nate la pasó el brazo por encima del hombro a Shannon y la atrajo hacia sí.

—¡Oh, Toro! —murmuró ella batiendo las pestañas en lo que pretendía ser un gesto amoroso—. ¡Qué cosas tan bonitas dices!

—No siempre —aseguró Nate en tono sugerente.

—No —respondió ella con una mueca que implicaba una broma secreta—. Oh, mamá, lo siento —se disculpó girándose hacia Brigit—. Es que Toro hace que me olvide hasta de mí misma...

—Ya —dijo su madre por toda respuesta.

—¿No vas a invitarnos a entrar? —preguntó Shannon.

—Por supuesto, por supuesto. Pasad —dijo su madre sin añadir la coletilla «Estáis en vuestra casa».

De hecho, por la expresión de su rostro más bien parecía que quisiera guardar todos los objetos de valor antes de que Nate entrara.

Shannon se las arregló para mantener la seriedad. Lo mismo que Nate. Estaba haciendo un trabajo fantástico. Ella tendría que hacer lo mismo la semana siguiente. Tenía siete días para aprender a ser lo más insoportable y desagradable posible.

—Tu padre está en el jardín haciendo unas chuletas en la barbacoa —dijo su madre mientras los guiaba hacia el comedor—. Espero que le gusten las chuletas, señor...

—Toro. Llámeme Toro, señora. Y por supuesto que me gustan las chuletas. Eso sí que es comida de verdad. Estaba temiendo que comiéramos alguna pijada tipo cuscús o sushi. La mía poco hecha, por favor.

—Poco hecha. Se lo diré a Sean —dijo Brigit mientras salía a toda prisa—. Shannon, atiende a tu amigo.

En cuanto su madre hubo desaparecido, ella rompió a reír.

—Toro. Llámeme Toro, señora —dijo imitando su voz—. Eres bueno, Nate. Muy bueno.

—Pensé que le iba a dar algo —reconoció él.

—Yo también. Ha ido a buscar refuerzos a mi padre. Es raro, porque normalmente le gusta llevar ella sola el peso del espectáculo. Has debido causarle una tremenda impresión si ha tenido que salir en busca de ayuda.

Shannon acomodó a Nate en la mesa del comedor y le sirvió una cerveza.

—No me gusta la cerveza —protestó.

—Bébetela. Es parte del personaje —susurró justo antes de que su madre hiciera su aparición seguida de su padre.

—Toro —dijo Brigit pronunciando el nombre con reservas—. Éste es mi marido, Sean. Cariño, éste es el amigo de tu hija.

Estaba claro que su madre estaba muy molesta para haberse referido a ella como «Tu hija». Eso sólo ocurría cuando ella o su hermana se portaban realmente mal.

Shannon observó a sus padres mientras él servía las chuletas y Brigit se encargaba de las bebidas. No paraban de dirigirse miradas de complicidad, ese tipo de miradas con las que las parejas que llevan mucho tiempo se comunican mejor que con palabras.

Shannon tenía claro que no se casaría a menos que tuviera lo que compartían sus padres. Quería alguien que pudiera leerle el pensamiento, que la comprendiera y que la apoyara.

Quería alguien que la amara.

¿Por qué no podía entenderlo su madre?

La cena transcurrió con normalidad durante un tiempo, hasta que Brigit no pudo contenerse más y preguntó:

—Y dime, Toro, ¿a qué te dedicas?

—Bueno, hago algunas cosas por aquí, otras por allá... —masculló Nate con la boca llena de carne.

—¿Y eso qué significa? —insistió Brigit.

—Yo sólo trabajo cuando lo necesito. Y he hecho un poco de todo: mecánico, portero de discoteca... y un par de trabajillos más de los que es mejor no hablar —aseguró con una mueca, como si hubiera dicho algo gracioso.

Pero los padres de Shannon no esbozaron siquiera una sonrisa.

—Bueno —dijo finalmente Sean cuando el silencio en la mesa se hizo insoportable—. ¿Y cómo os conocisteis?

Shannon miró a Nate, invitándolo sin palabras a que tomara él la iniciativa.

—Nos presentó un amigo común en un bar —respondió él captando la intención de sus ojos—. Luego fuimos a ver un espectáculo artístico y fue entonces cuando supe que Shannon era la mujer para mí.

Shannon pensó que sus padres se quedarían totalmente descolocados con el comentario sobre el bar, pero Brigit pareció más interesada en la segunda parte de la frase.

—¿Un espectáculo artístico?

Shannon se alegró de la pregunta de su madre, porque estaba deseando saber qué tenía Nate en mente.

—Una exposición de un representante local del arte motero.

—¿Arte motero? —repitió su padre.

—Sí. De los tatuajes que este artista local ha hecho a lo largo de los años.

—¿Tatuajes? —dijo su madre con un hilo de voz.

—Sí. Yo tengo muchos —aseguró Nate doblando el brazo para que la sirena se contoneara—. Pero esta sirena es la única que puedo mostrar sin tener que quitarme la camiseta. O los pantalones —añadió tras una brevísima pausa.

—¡Oh, no! —se apresuró a decir Brigit—. No es necesario. La sirena es preciosa.

—Sí, estoy de acuerdo. Shannon y yo estamos pensando en hacernos un tatuaje juntos. Dos corazones flechados con nuestros nombres dentro. Tal vez lo hagamos como regalo de compromiso. ¿Qué te parece, nena?

—¿Compromiso?

La madre de Shannon no podía dejar de repetir todo lo que Nate decía. Al parecer, estaba demasiado impactada como para pensar por sí misma.

—Así es —dijo Nate agarrando la mano de Shannon por encima de la mesa—. Shannon me ha contado la prisa que usted tiene por verla casada para ganar una apuesta, y ni que decir tiene que yo estoy dispuesto. Quiero decir, que si alguien entiende lo importante que es ganar una apuesta ése soy yo. A lo largo de los últimos años habré ganado y perdido al menos un millón de dólares. Me gustaría que usted ganara porque, para qué vamos a engañarnos, ganar es mucho más divertido que perder. Y después de todo, dentro de poco va a ser mi suegra.

—Pero, ¿casaros? ¡Si acabáis de conoceros! —protestó Brigit.

—Shannon me ha contado que usted tiene todo reservado para finales de junio. Eso nos deja tiempo de sobra para conocernos el uno al otro.

—Pero... pero... —balbuceó su madre.

Shannon la observaba con los ojos muy abiertos, sin dar crédito. Su madre estaba balbuceando. Nunca le había ocurrido antes. Siempre mantenía el control, siempre tenía una salida, siempre decía la última palabra.

¡Y Nate la había dejado completamente muda!

Era su héroe.

Deslizó la mano por debajo de la mesa y le apretó la rodilla en gesto de agradecimiento.

—Shannon —dijo su madre con tono irritado—. ¿Se trata de una broma? ¿Casaros? ¿Tan pronto? Quiero que Shannon se case por compatibilidad, por estabilidad...

—¿Por amor? —añadió su hija.

—Y por amor, por supuesto. Nunca desearía que te casaras sólo para que yo ganara una apuesta.

Shannon se las arregló para no atragantarse.

—Bueno, ya nos habíamos hecho a la idea de celebrar la boda en junio —aseguró Toro con una sonrisa—, pero podemos aplazar la decisión durante un tiempo si eso la hace sentirse mejor. Pero no cancele nada, porque dudo mucho que yo cambie de opinión.

—Aplazar la decisión durante un tiempo, eso es —repitió Brigit como un loro—. No hay que precipitar las cosas.

—Pero Cara está en Texas, y la señora Romano... —comenzó a decir Shannon.

—Hija, qué cosas se te ocurren. Sólo estaba bromeando con lo de la apuesta.

—¿Y el vestido de Kate?

—Lo tendrás cuando te haga falta, pero no quiero que te precipites.

—Pero...

—Oye, Toro, ¿por qué no me hablas de... —comenzó a decir su madre mientras pensaba en un tema que fuera seguro— de tu moto?

—Claro.

Nate se lanzó a un extenso monólogo sobre las excelencias de las Harley Davidson. Mientras hablaba, volvió a apretar la mano de Shannon.

Ella se inclinó hacia atrás y observó cómo se evaporaban los sueños de boda de su madre.

Era una noche magnífica.

Capítulo 5

BUENAS noches —dijo Nate, alias Toro, cuando llegaron a casa de Shannon unas horas más tarde.

Ella estaba de un humor excelente porque habían derrotado a su madre.

¡Había ganado!

—Puedes quedarte un rato, si te apetece.

Nate pareció sorprendido al escuchar la invitación, exactamente igual que se sintió Shannon al pronunciarla.

No sabía muy bien por qué, pero no quería que aquella noche terminara.

—No trabajo mañana —comentó él lentamente, casi reacio.

¿Qué le pasaba?

Nate había guardado silencio desde que salieron de casa de los padres de Shannon. Hablar en una moto en marcha no resultaba especialmente fácil, pero aun así parecía... parecía distante.

—No importa —dijo Shannon—. Olvídalo.

Ella sólo quería que celebraran juntos la victoria, pero tal vez Nate pensara que le estaba pidiendo otra cosa.

—No; quiero decir, sí. Me gustaría entrar —aseguró.

Pero a Shannon no le pareció sincero.

—No importa, de verdad. Era sólo una idea —dijo mientras abría la puerta y entraba.

Le habría gustado cerrársela en las narices, pero él la sujetó antes de que pudiera hacerlo y la mantuvo abierta.

—Shannon, de verdad, me gustaría pasar.

Ella se encogió de hombros y siguió andando por el recibidor, dejando la puerta abierta para que él fuera tras ella si lo deseaba.

No se giró, pero escuchó el sonido de la puerta al cerrarse y las pisadas de Nate sobre la madera del suelo mientras la seguía por la casa.

—Ponte cómodo —dijo señalando con un gesto hacia el sofá.

El salón era la razón por la que había comprado aquella casa. Era grande, con suelo antiguo de madera y una gran chimenea de piedra. Nada le gustaba más que acurrucarse en el sofá y disfrutar del sitio.

Pero aquella noche, con Nathan dentro, el salón no le parecía ni amplio ni confortable.

—¿Quieres tomar algo? —le preguntó cuando él se hubo sentado.

—No. He bebido demasiada cerveza.

A Shannon le hubiera gustado que le pidiese algo. Así habría tenido una excusa para salir del salón y tranquilizarse. Se sentía bastante agitada, y no sabía por qué.

Se sentó en el otro extremo del sofá, dejando todo el espacio posible entre ellos.

Se hizo un silencio pesado.

Shannon trató de pensar en algo para romperlo.

—Supongo que no tendrás hambre —dijo finalmente.

—No. Tu madre es mucho mejor cocinera que la mía. Pero no se lo digas a mi madre. Sólo quiero arruinarle sus planes respecto a los nietos, no hundirla en la miseria.

—De acuerdo.

El silencio volvió a apoderarse del salón durante lo que pareció ser una eternidad.

—Esto es absurdo —dijo Shannon finalmente—. Vete a casa. No pasa nada.

—Sí, sí que pasa —contestó Nate—. No sé muy bien qué está ocurriendo. La primera noche no tuvimos ningún problema para hablar. Yo sentí una conexión inmediata, como si fuéramos amigos de toda la vida. Entonces, ¿a qué vienen estos incómodos silencios?

—Tal vez sea porque antes teníamos un plan, trabajábamos juntos en una meta común. La primera noche estábamos planeando la estrategia, hace un par de noches llevamos a cabo el primer acto, y hoy el segundo. Ahora se ha terminado. Ya no tenemos nada más de qué hablar, al menos hasta que vaya a cenar a casa de tus padres la semana que viene. No somos amigos, ni tampoco estamos saliendo de verdad.

—Tal vez deberíamos —dijo Nate abruptamente.

—¿Deberíamos qué? —preguntó ella.
—Salir de verdad.
—¿Por qué?
—¿Por qué no?
—Vaya, por qué no —repitió Shannon llevándose la mano al corazón y soltando una carcajada—. Esas palabras sí que sirven para conquistar el corazón de una chica. Es como si te preguntan: ¿quieres una hamburguesa? Y tú respondes: sí, ¿por qué no?

—Vamos, Shannon, no es eso lo que quise decir —protestó Nate.

—Desde luego, si es así como hablas tiernamente a las mujeres —continuó diciendo ella como si no lo hubiera escuchado—, ahora entiendo por qué no te has casado y por qué tu madre se teme que no vaya a tener nietos.

—Oye, eso no es justo —dijo Nate—. Yo hablo con mucha dulzura a las mujeres.

—¿Ah, sí? —preguntó Shannon acortando la distancia y mirándolo fijamente—. Imaginemos que esto era una cita de verdad. Yo te he invitado a entrar y estamos sentados juntos en el sofá. ¿Qué cosas cariñosas me dirías al oído?

Nate estaba sólo a una mano de distancia de su rostro. Shannon lo miró fijamente a aquellos ojos marrón oscuro. No, no eran marrones. Aquélla era una palabra demasiado simple para describirlos. Tenían el color del café, el tono de una taza de café colombiano tostado a mano.

—Vamos, esto no es justo —protestó Nate—. Me estás poniendo en un compromiso.

—¿Ves? Me reafirmo en lo que he dicho. Tú, Nathan Calder, no sabes hablar dulcemente a las mujeres. Un hombre que estuviera acostumbrado a hacerlo no tendría problemas para que se le ocurriera algo en el momento.

—Yo puedo hacerlo tan bien como el que más —aseguró él haciéndole un gesto de advertencia con el dedo.

—Oye, no me señales con el dedo como si estuvieras regañando a un colegial.

—No te estaba señalando —respondió Nate retirando la mano.

—Claro que sí. Eres un señalador que no sabe hablar dulcemente.

Apenas unos centímetros separaban sus rostros, y, como si se hubieran puesto de acuerdo, ambos soltaron una carcajada.

—¿Por qué nos estamos peleando? —preguntó Nate cuando fue capaz de dejar de reírse—. Lo hemos conseguido. Hemos asustado completamente a tu madre. Y aunque a la mía le hayas encantado, la próxima vez acabaremos también con ella. Entonces, ¿por qué nos peleamos?

—¿Y por qué no? —contestó Shannon con una mueca.

—¿Sabes una cosa? —respondió él con una sonrisa de oreja a oreja—. A veces puedes resultar muy fastidiosa. Pero creo que eso forma parte de la condición femenina. Fastidiar a los hombres.

—Vaya, ésas son las palabras más dulces que he escuchado en mi vida —aseguró Shannon batiendo las pestañas exageradamente—. Tu melódica prosa me arrebata los sentidos...

—¿Quieres palabras dulces y románticas? A ver qué te parece esto: tus ojos son...

Nate se detuvo un instante, tanto que lo que en principio iba ser una pausa se convirtió en un silencio.

—¡Oh, qué maravilla, qué dulzura! Eres un terroncito de miel...

—Espera. Dame un segundo para que me ordene las ideas —pidió Nate antes de exhalar un suspiro y continuar—. Tus ojos son lo más bonito que tienes. Cuando la gente te conoce probablemente pensará que lo mejor es tu pelo, porque esa cabellera de fuego es todo un reclamo. Pero cualquiera que pase a tu lado el tiempo suficiente se dará cuenta de que no es el pelo. Porque tus ojos... tus ojos echan chispas. Demuestran cada una de tus emociones. Son capaces de atrapar a un hombre en una especie de encantamiento, y no lo sueltan. He visto esos ojos, tus ojos, en mis sueños todas las noches desde que te conozco.

—Bien, ya es suficiente —dijo Shannon soltando una carcajada que hasta a ella misma le sonó falsa.

—¿Qué pasa? Parece que ya no te diviertes. ¿Te estás poniendo nerviosa? —la retó Nate.

—¿Por qué debería estar nerviosa?

Shannon formuló aquella pregunta porque, en honor a la verdad, no sabía por qué Nate la estaba poniendo nerviosa. Pero así era. El corazón le latía muy deprisa y le sudaban las manos.

Tal vez estaba enferma.

O tal vez le estaba dando un infarto.

—Tal vez estés nerviosa porque te estoy mirando a los ojos y me estoy preguntando qué se sentirá al besarte.

—Yo creía que las ganas de besar entraban al mirar a los labios, no a los ojos.

Porque eso era lo que le estaba ocurriendo a ella. Al mirar los labios de Nate estaba segura de que besarlo no sería una tarea penosa.

—No. Igual que piensas que tu pelo es lo más bonito que tienes, pero no es así, no son tus labios los que me hacen pensar en besarte. Me ocurre al mirarte a los ojos. Siento como si te conociera desde siempre, y entonces noto una oleada de deseo que es lo que me hace desear besarte. Deseo. Una necesidad dulce y suave de conectar.

—Muy bien —dijo Shannon con la voz entrecortada—. Eso ha sido una buena actuación.

—No estoy actuando —aseguró Nate acortando la escasa distancia que para entonces los separaba en el sofá—. Estoy hablando en serio. Quiero besarte.

—Pero esto es todo un montaje. No estamos saliendo ni nada por el estilo.

—¿Quién dice que no podemos? —preguntó él.
—¿Que no podemos besarnos, o que no podemos salir?
—Las dos cosas.
—Yo. Lo digo yo.
—¿Por qué?

Al contemplar sus labios tan de cerca, tan tentadores, Shannon tuvo ganas de decir: «¿Y por qué no?» Y besarlo. Pero se resistió.

—Escucha: no estoy preparada para sentar la cabeza —dijo—. Me gusta mi vida. Me gustan las comedias románticas y no tener que depilarme las piernas. Me gusta hacer lo que quiera sin tener que preocuparme de nadie más.
—A mí también.
—¿Te gustan las comedias románticas?
—No, esa parte no. Pero me gusta mi vida tal y como es. Sin complicaciones. Eso es lo mejor de nuestra relación. O bueno, de lo que sea esto. Hemos empezado sabiendo lo que queremos, sin complicarnos. Si yo te pregunto si te apetece quedar y no tienes ganas, puedes decirme que no tranquilamente. Y viceversa.
—Así que estás sugiriendo que salgamos, pero sin salir de verdad...
—Más o menos —dijo Nate—. Como si fuéramos amigos.
—Entonces —continuó Shannon arrastrando las palabras al hablar—, ¿qué pasaría si te preguntara si esta noche quieres ver una película?
—Te contestaría que preferiría besarte.

—¿Y si nos besamos?
—Entonces tal vez me sentiría tentado para intentar algo más.
—De acuerdo. Entonces será mejor no ponerte en la tentación —aseguró Shannon—. Al menos por ahora. Veamos una película.

Si a Nate le molestó que ella evitara besarlo, no lo demostró. Se limitó a sonreír y a preguntar:
—¿Qué película?
—¿*Magnolias de acero*?
—Ni hablar. Es demasiado blanda para un tipo como yo. Me llamo Toro, ¿recuerdas? No veré nada que no tenga sangre y violencia.
—¿*Terminator*?
—¿Tienes *Terminator* entre todas esas películas para chicas? —preguntó Nate con asombro.
—Cuando llegas al fondo de la trama, te das cuenta de que es una historia de amor.
—Ni hablar —protestó Nate.
—¿Cuándo fue la última vez que la viste?
—No me acuerdo, pero sé que Arnold no hace películas para chicas.
—Entonces, veamos *Terminator*.

Nate observó a la mujer que tenía acurrucada entre sus brazos. Shannon se había quedado dormida antes de que acabara la película. Al principio él no se había dado cuenta, pero poco a poco se había ido inclinando hacia él, presionando su cuerpo cálido contra el suyo.

Cada vez más cerca.

Nate le había puesto el brazo alrededor del hombro, disfrutando de la sensación de abrazarla.

Aparecieron los títulos de crédito y sonrió.

Shannon tenía razón. *Terminator* era una historia de amor, aunque él nunca la hubiera visto de aquel modo.

¿Qué demonios estaba haciendo?

Estaba sentado en un sofá, con una mujer dormida entre sus brazos y se sentía... casi feliz.

Y ni siquiera la había besado nunca.

Habían hablado de ello, pero no se habían besado.

Se habían limitado a disfrutar de una película juntos. Shannon había hecho palomitas y se habían sentado en el sofá como un matrimonio que llevara muchos años casado.

Nate observó un mechón de pelo que le caía a Shannon sobre el ojo, rozándole apenas las pestañas por lo corto que era.

Habitualmente a él le gustaban las mujeres de pelo largo, pero a Shannon... bueno, a ella le quedaba bien así. Iba con su personalidad, con su espíritu libre y salvaje.

Era más de medianoche y allí seguía él. No sabía muy bien por qué, pero no podía soportar la idea de despertarla. No quería marcharse.

Sonó el teléfono, arrancándolo de sus divagaciones. ¿Quién llamaría a aquellas horas de la noche?

Shannon ni siquiera se movió.

Sin pensarlo, Nate descolgó el auricular que estaba en la mesita que tenía justo al lado.

—¿Diga? —preguntó en voz baja.
—¿Quién es? —preguntó a su vez una voz de mujer.
—¿Con quién quiere usted hablar? —insistió él.
—Con Shannon. Shannon O'Malley.
—Ahora mismo está durmiendo. ¿Quiere que le dé algún recado?
—¿Eres Toro?
—Sí —respondió él con cautela.

¿Quién sería ella? Estaba seguro de que no se trataba de la señora O'Malley. Habría reconocido su voz.

—¿Con qué persona estoy hablando?
—¿Con qué persona? Ése es un modo de hablar muy fino para un motero. Soy Kate, la hermana de Shannon.
—Ah, Kate, la novia a la fuga —aseguró él manteniendo el tono de voz bajo para no despertar a Shannon.
—¿Te lo ha contado? —preguntó Kate con evidente sorpresa.
—Te sorprendería saber cuántas cosas me ha contado —respondió Nate.

No estaba muy seguro de si debía interpretar también la farsa con la hermana de Shannon, pero no correría riesgos. Si ella quería explicarle más tarde la verdad, era cosa suya.

—Pues ella no me ha hablado de ti —aseguró Kate.

Evidentemente, estaba enfadada. No había ninguna duda.

—No me sorprende —dijo él con una sonrisa—. Hace muy poco tiempo que nos conocemos.

—Háblame de ti —le pidió Kate—. Esta noche he recibido una llamada de mi madre. Estaba fuera de sí después de que Shannon te hubiera llevado a cenar. ¿Qué está ocurriendo?

—No sé a qué te refieres. Le pasaría el teléfono a tu hermana para que ella respondiera a tus preguntas, pero está dormida. ¿Quieres que le dé algún recado?

—¿Contestas tú al teléfono a medianoche porque ella está durmiendo? —preguntó Kate con mucha calma—. Eso ya dice mucho. No, no le dejes ningún mensaje. Ya la llamaré mañana.

—Muy bien. Buenas noches.

—Oye, Toro —la escuchó decir cuando estaba a punto de colgar.

—¿Sí? —dijo colocándose de nuevo el auricular en la oreja.

—Si le haces daño, te mataré —aseguró con voz muy seria—. A Shannon le gusta que la gente crea que es una chica dura, pero sólo lo es en apariencia. Es absolutamente vulnerable. No permitiré que juegues con ella.

—Gracias por la advertencia —respondió Nate.

—Lo digo en serio.

—Lo sé —aseguró deteniéndose un instante—. Ha sido un placer hablar contigo, Kate —añadió.

—Ha sido interesante hablar contigo, Toro.

Nate colgó y miró a la mujer que dormía entre sus brazos. El vídeo se había apagado solo y en la televisión estaba saliendo un publirreportaje sobre un utensilio de cocina.

Él no tenía tanta necesidad de cortar y picar nada como para pagar veintinueve con noventa y nueve dólares por ello.

Debería marcharse.

Era tarde.

Pero no se movió. Volvió a observar a Shannon y se preguntó qué estaba haciendo allí, y por qué le costaba tanto irse.

La luz del sol se abrió paso a través de las pestañas de Shannon, arrancándola lentamente de sus sueños.

Era uno de esos sueños que no se recuerdan después, pero le había dejado una sensación cálida.

Permaneció en aquel estado confuso entre la vigilia y la conciencia y se dio cuenta de algo no marchaba bien.

Mantuvo los ojos cerrados y trató de pensar de qué se trataba con su cerebro medio dormido.

Tardó un minuto en darse cuenta. No tenía la cabeza apoyada sobre la almohada. No, se trataba de algo más duro, más cálido. Algo que subía y bajaba rítmicamente. Algo parecido a…

A un cuerpo.

Más exactamente: tenía la cabeza recostada sobre el pecho de alguien.

Cuando fue consciente de aquel hecho, Shannon abrió los ojos de golpe. Estaba en el sofá del salón de su casa durmiendo sobre el pecho de Nathan Calder.

¿Cómo había ocurrido?

Recordó entonces de sopetón los acontecimientos de la noche anterior.

Se acordó de que habían visto *Terminator*, pero no recordaba el final de la película. Sólo recordaba haber compartido un cuenco de palomitas con él.

Y habían terminado pasando la noche juntos.

Aquello sería suficiente para ponerle los pelos de punta a su madre. Shannon soltó una leve risilla que fue suficiente para despertar a Nate. Ella sintió cómo su respiración cambiaba de ritmo y supo que estaba despierto antes incluso de que abriera los ojos.

—Buenos días —dijo Shannon con alegría.

Nate se sentó y se apartó suavemente de ella.

—Lo siento, Shannon. Tenía la intención de irme cuando acabara la película, pero estabas tan dormida... y luego llamó tu hermana y...

—¿Mi hermana? ¿Kate ha telefoneado aquí?

—Estuvimos hablando un rato, y entonces pensaba marcharme, pero me quedé un momento sentado y lo siguiente que supe fue... bueno, esto es lo siguiente que he sabido. Lo siento.

—No pasa nada, Nate.

—No, sí que pasa. Yo... —comenzó a decir él deteniéndose un instante para buscar la palabra adecuada—. Te he impuesto mi presencia, eso es. Y no quería.

—Nate, de verdad que no pasa nada.

Shannon no quería decirle que en realidad le había gustado despertarse a su lado, que le gustaba el calor de su cuerpo. Así que en su lugar se limitó a repetir:

—No pasa nada.
—Pero...
—En serio. La cosa sería distinta si hubieras puesto en peligro mi virtud.

No añadió que ponerse en peligro con Nate estaba comenzando a parecerle una idea muy apetecible.

Shannon se incorporó y se pasó la mano por el cabello, convencida de que la palabra «apetecible» no era precisamente el término que mejor describía su aspecto recién levantada.

—Supongo que tienes razón —contestó Nate arrastrando las palabras—. Después de todo, ni siquiera te he besado, así que tu virtud sigue intacta.

—¿Lo ves? No hay problema. Te diré una cosa: si me das un par de minutos para darme una ducha, incluso me encargaré del desayuno.

—¿De verdad? —preguntó él con una mueca.
—De verdad.
—¿Y tu hospitalidad llega tan lejos como dejar que yo también me dé una ducha?

—Estoy convencida de que en el libro de protocolo que mi madre me regaló cuando cumplí dieciséis años figura ofrecer una ducha a mis invitados.

—Estás loca —aseguró Nate soltando una carcajada—. Vete a dar esa ducha, y yo me pondré cómodo. Incluso prepararé café, ya que tú vas a hacer el desayuno.

—Vaya, Toro, eres todo un caballero
—Eso intento, Roxy.
Shannon se encaminó hacia el cuarto de baño y él la observó desaparecer por el pasillo.
Acababa de pasar la primera noche con ella.
Y se había dado cuenta de que no quería que fuera la última. Nate no buscaba una relación estable, ni nada parecido a lo que su madre esperaba. Pero no estaría mal pasar más noches con Shannon.
Se dispuso a preparar el café, y tras encontrar el bote y los filtros en una alacena, apretó el botón de la cafetera y escuchó cómo se abría la puerta de entrada.
—¿Shannon? —dijo una voz.
Una voz que Nate reconoció al instante.
Bien. Shannon quería que su madre pensara que eran una pareja muy unida, y al parecer su deseo estaba a punto de cumplirse.
Nate salió de la cocina en dirección al salón, donde se encontró a una señora O'Malley con cara de pocos amigos.
—He visto tu moto aparcada fuera —dijo con tono de reproche.
—Ya. No tenía pensado quedarme; si no, la habría metido en el garaje. No me gusta que mi nena pase la noche a la intemperie.
La noche anterior había pillado a la señora O'Malley por sorpresa, pero había tenido tiempo para reagruparse, y ahora tenía todo el aspecto de un general del ejército. Su tono de voz no dejaba ninguna duda de que había recuperado el control.

—¿Dónde está mi hija?

—En la ducha. Estaba preparando café. ¿Le apetece una taza?

—No. Voy camino a misa y pasé por aquí para ver si Shannon quería acompañarme.

—¿Quiere que vaya a preguntárselo? —preguntó Nate con una sonrisa, como si no supiera por qué aquella pregunta podía molestarla.

La señora O'Malley pareció balbucear un instante, y luego tragó saliva con tanta fuerza como si estuviera tragando una vaca.

—No... no creo que sea necesario. Dile que la llamaré más tarde.

—Claro.

—Y una cosa, Toro —dijo la señora O'Malley avanzando unos pasos hacia él—. Si le haces daño, te mataré.

—Es usted la segunda persona de la familia que me dice eso en menos de veinticuatro horas —reconoció Nate pasándose la mano por el pelo—. ¿Qué les hace pensar a ustedes que Shannon no podría encargarse personalmente de mí si le hiciera daño?

Tal vez su madre y su hermana no lo supieran, pero Nate tenía la sospecha de que Shannon estaba más que capacitada para defenderse por sí sola.

—Mi hija es demasiado buena —contestó su madre—. Cree en los cuentos de hadas. Por eso disfrutó tanto preparando la boda de su hermana. Pero yo sé que no basta con el romanticismo. Se necesita mucho más que pasión para que una relación funcione. No creo que vosotros dos tengáis nada en común. Hay muchas posibilidades de que lo vuestro salga mal, y no quiero que Shannon sufra.

—Y sin embargo, está usted dispuesta a verla casarse sólo para ganar una apuesta —respondió Nate amablemente.

—No —aseguró ella negando con la cabeza—. Quiero que se case porque Shannon está hecha para el matrimonio. Necesita alguien a quien amar, y que ese alguien le corresponda con creces. La apuesta… bueno, digamos que me sirvió de excusa para presentarle gente.

—¿Ha dicho que le gustaría que alguien cuidara de ella?

—He dicho lo que he dicho, jovencito —respondió la señora O'Malley recuperando el tono autoritario—. He criado a mis dos hijas de modo que sepan ser independientes, pero también pienso que la vida tiene más sentido cuando se comparte con alguien. ¿Tú de verdad crees que eres el hombre con el que Shannon podría compartir su vida? —añadió tras una breve pausa.

—Tal vez sí, tal vez no. Pero sé que ninguno de los hombres que le ha presentado usted lo es —afirmó Nate.

—Estoy de acuerdo.

—Y sin embargo continúa usted intentándolo —insistió Nate, sorprendido de que ella le hubiera dado la razón.

—Porque tengo la esperanza de que el próximo sea el hombre adecuado, el que Shannon está esperando.

—¿Y está usted segura de que no puedo ser yo? —preguntó él.

—Todo lo segura que se puede estar. Shannon necesita a un buen hombre. Alguien que regrese a casa después del trabajo. A ella le gustan las cosas sencillas: compartir un almuerzo, ver una película juntos... alguien que tenga sus mismos intereses. No creo que tú seas ese alguien.

—Tal vez tenga usted razón —contestó Nate—. Tal vez no sea el hombre de su vida, pero en este momento soy su hombre, y le agradecería que dejara de intentar concertarle citas durante un tiempo.

—De acuerdo —respondió la señora O'Malley con una breve inclinación de cabeza—. Dile que la llamaré más tarde.

—Claro.

La madre de Shannon se encaminó hacia la puerta, pero se giró bruscamente antes de llegar.

—Y recuerda lo que te he dicho, Toro.

—No se preocupe. No pretendo hacerle daño.

La señora O'Malley se dio la vuelta y se marchó, cerrando suavemente la puerta tras ella.

Nate regresó a la cocina y se sirvió una taza de café mientras pensaba en su confrontación con la madre de Shannon.

La señora O'Malley tenía razón. Aunque no la conociera mucho, sabía que Shannon era especial. Lo supo desde la primera noche en el bar de Mick. Y después de haber pasado más tiempo con ella se había convencido todavía más.

—Vaya, un hombre que me hace café por la mañana. Ése es mi hombre —dijo Shannon entrando en la cocina con el cabello aún húmedo.

Llevaba puestos unos pantalones vaqueros y una camiseta. Estaba descalza y sin maquillar.

Parecía lo más opuesto a Roxy que podía ser una mujer.

Y sin embargo, su imagen era mucho más sensual.

Nate se obligó a sí mismo a no pensar en cuánto más sensual mientras le tendía una taza de café.

—Creí que habías dicho algo sobre el desayuno —le recordó.

—Es verdad —reconoció Shannon con una mueca.

—¿Y qué me vas a preparar? —preguntó él.

—Nada. Vamos a subirnos a tu moto y a bajar la calle hasta llegar a Perkins. Una vez allí, yo tengo pensado pedir una buena ración de tortitas y hundirlas en sirope. ¿Y tú?

—O sea, que yo preparo el café y tú me dejas que te lleve a Perkins.

—Exacto. Ése es mi trato.

—Yo quería probar tu cocina —aseguró él—. He crecido con mi madre, y digamos que... bueno, que me gustaría saber cómo sabe la buena cocina.

—En este caso no lo averiguarías. ¿Recuerdas el pollo a la parrilla que hizo tu madre la otra noche? Pues estaba buenísimo en comparación con lo que yo preparo.

—Gracias por la advertencia. Vayamos a Perkins, pues.

—Sabía que lo entenderías —respondió ella con una carcajada.

—¿Te importa si me doy una ducha antes?

—Adelante. Y otra cosa, Nate —dijo mientras él se dirigía al cuarto de baño.

—¿Sí?

—Me alegro de que te quedaras a pasar la noche.

—Yo también —reconoció él.

Entonces se dio la vuelta y recorrió el pasillo a buen ritmo. Le gustaba estar con Shannon, le había gustado abrazarla la noche anterior.

Sencillamente, le gustaba ella.

Y no tenía ni la menor idea de qué hacer al respecto.

Capítulo 6

SHANNON se apartó el teléfono de la oreja y lo observó, como si pudiera ofrecerle alguna respuesta.

—¿El vestido? —preguntó volviendo a colocárselo cerca del oído.

—Sí. Necesito que me lo devuelvas. Cuando te cases, tendrás tu propio traje. He decidido que el de Mary Kathryn…

—Kate —corrigió Shannon automáticamente.

—El vestido de Kate no te pega.

Había ganado. Tal vez su madre estuviera diciendo que el vestido no le pegaba, pero en realidad quería decir que el que no le pegaba era Toro.

Brigit había dejado de intentar que se casara a toda costa.

Shannon era libre como el viento.

¿Y por qué no se alegraba?

—Cariño, quiero que encuentres al hombre adecuado cuando llegue tu momento. No tienes por qué precipitarte.

—¿Y qué pasa con la apuesta?

—No te preocupes por eso. Yo te quiero, y sólo quiero que seas feliz.

—Mamá... —murmuró Shannon enternecida.

Brigit O'Malley no era una mujer de grandes demostraciones afectivas.

—Prepara el vestido —repitió—. Iré a recogerlo más tarde.

—En cuanto a Toro... —comenzó a decir Shannon, dispuesta a confesarle a su madre toda la verdad.

—Ni una palabra más. No quiero estropear la conversación peleándonos por tu novio. Pasaré a verte esta semana y recogeré el vestido —aseguró antes de colgar bruscamente.

Shannon había salido victoriosa.

Podría dejarse crecer el pelo de las piernas hasta poder peinárselo.

Podría organizar los fines de semana un maratón de comedias románticas.

Ante ella se abría todo un mundo de posibilidades.

Pero lo que de verdad le apetecía hacer era llamar a Nate y compartir con él su victoria.

A decir verdad, tenía ganas de llamarlo desde que la había dejado en casa el domingo. Tenía pensado llamarlo para decirle hola. Y preguntarle quizá qué tal había resultado la vuelta a casa en la moto.

¿Se le habría calado?

Pero no lo había llamado. No quería que Nate pensara que ella veía en aquella relación más de lo que realmente había.

No lo llamó y esperó a que él lo hiciera.

Pero no lo hizo.

Ni tampoco la llamó el lunes.

Y ella tampoco lo hizo.

Por mucho que Shannon deseara llamarlo, no podía hacerlo. Descolgó el teléfono al menos una docena de veces, pero siempre volvía a colgarlo antes de marcar.

No entendía por qué le resultaba tan difícil llamarlo. Tenía la excusa perfecta: compartir con él las noticias respecto a su madre. Pero no lo llamó, y Nate tampoco lo hizo.

El miércoles sucedió exactamente lo mismo. Shannon miró el teléfono. Pensó en llamar. Llegó incluso a descolgarlo. Volvió a dejar el auricular en su sitio. No llamó.

El jueves ni siquiera levantó el teléfono. Pensó en hacerlo, pero ya que Nate no la había llamado, ella tampoco lo iba a llamar.

Shannon era consciente de lo infantil de su comportamiento, pero era incapaz de evitarlo. Había algo en Nate que la hacía sentirse como si estuviera otra vez en el instituto.

El viernes se levantó con el ánimo repleto de vitalidad. Nate y ella iban a cenar en casa de la madre de él aquella noche. Lo vería después del colegio. Se pasó el día prácticamente flotando en las nubes.

—Pareces espantosamente feliz —le dijo su amiga y compañera Patricia sentándose a su lado en el banco del patio—. ¿Qué está ocurriendo?

—¿Qué tiene de raro? Después de todo, es viernes.

Patricia negó con la cabeza.

—Reconozco una sonrisa de viernes en cuanto la veo. Hay algo más.

—Bueno, lo cierto es que tengo una cita.

—¡Vaya! Cuéntame: ¿una de esas en las que aparecen velas y un vestido nuevo?

—Un vestido nuevo, sí.

El día anterior había ido de compras y se había hecho con un modelo que estaba segura de que escandalizaría a la madre de Nate. Sí, una mirada a aquellas mallas ajustadas y la señora Calder le rogaría a Nate que dejara de salir con Roxy.

Aquel pensamiento debería haberlo hecho sentir victoriosa, pero en su lugar se sintió algo abatida.

—Sí, ropa nueva pero sin velas. Una cena tranquila. No hay mucho que contar, eso es todo. ¿Y qué tal los niños? —preguntó apresuradamente para cambiar de tema.

Y mientras escuchaba a Patricia hablar de sus hijos, no pudo evitar sonreír.

Aquella noche iba a ver a Nate.

—Oh, Shannon, querida, cuánto lo siento... —dijo la señora Calder cuando entraron aquella noche en su casa.

Shannon no tuvo que preguntar de qué se lamentaba la madre de Nate. Había un inconfundible olor a quemado.

—Había preparado un estupendo asado de ternera para cenar, pero algo debe de haber fallado en el horno.

—O en tu forma de cocinar —murmuró Nate entre dientes lo suficientemente bajo como para que sólo Shannon pudiera oírlo.

Ella se aguantó la risa que amenazaba con brotarle. Tenía la risa floja desde que Nate había aparecido en el umbral de su casa. Se había puesto unos pantalones vaqueros y una camiseta de cuello alto. Estaba para comérselo.

—No pasa nada, señora Calder —la tranquilizó Shannon—. De verdad.

—No, querida, te he invitado a cenar y vas a cenar. Estoy segura de que no comes bien en el club ese en el que trabajas. Supongo que estarán más interesados en las bebidas. Así que vamos.

—¿Irnos? —repitió Shannon, dándose cuenta de que el asado quemado podría resultar un problema.

Un gran problema.

—Vamos a cenar fuera —dijo la señora Calder agarrando su bolso.

—Pero... —balbuceó Shannon contemplando el atuendo de bailarina exótica que se había puesto aquella noche.

Mallas de imitación de cuero, una camisa roja brillante y zapatos de altísimo tacón de aguja. Si a eso añadía que se había retirado el cabello hacia atrás con gomina y había abusado ostensiblemente del maquillaje, estaba claro por qué Shannon no quería ir a ningún lugar público con aquella guisa.

—Pero... —repitió.

Nate no dijo ni una palabra. Ella le apretó el codo con fuerza y lo obligó a fijarse en su indumentaria. Entonces pareció comprender.

—Mamá, de verdad que no pasa nada —aseguró él precipitadamente—. Vendremos a cenar mañana, y puedes volver a intentarlo.

—Hijo, ya sé que te encanta cómo cocino —respondió la madre de Nate sin imaginar lo engañada que estaba—, pero de vez en cuando me gusta salir a cenar fuera también. Así que vamos.

—Pizza —insistió su hijo—. Pidamos una pizza.

—¿Queréis dejarlo de una vez? Vamos a cenar fuera y punto. Paul, nos vamos —gritó.

No hacía falta que Shannon fuera su hija para darse cuenta de que no habría forma de disuadir a la señora Calder.

—Shannon, qué alegría volver a verte —dijo el padre de Nate apareciendo en el vestíbulo—. Supongo que ya os han contado que hay cambio de planes.

Nate asintió con la cabeza.

—¿Dónde quedamos? —preguntó.

—Esperaba que fuéramos todos juntos —dijo su madre.

—No te gusta mi moto... —la acusó Nate.

—No es eso, es que... —comenzó a decir la señora Calder antes de encogerse de hombros—. Bueno, pues sí, es eso. No me gusta. Y si tienes un accidente yendo al restaurante no me lo perdonaría nunca. No te gustaría que tu madre tuviera que pasar por eso, ¿verdad? Al fin y al cabo no he podido tener más hijos que tú, y después de todo lo que tuve que pasar para traerte al mundo... supongo que no querrás hacerme sufrir más, ¿no?

—Mamá, esto es ridículo. Soy un hombre adulto, y...

—Nos encantará ir con ustedes, señora Calder.

—Gracias por tu comprensión, querida.

—No hay de qué.

Los padres de Nate salieron de la casa y se dirigieron al coche familiar.

Nate se quedó donde estaba y retuvo a Shannon a su lado.

—¿Por qué has hecho eso? —le susurró.

—Porque está preocupada por ti. Eso no tiene nada de malo.

—Cuando se trata de mi madre parece que no —respondió él, visiblemente molesto—. Pero si hablamos de la tuya, entonces ya es otra historia.

—Mi madre no se preocupa; se entromete. Son dos cosas diferentes —argumentó Shannon.

—Se entromete porque se preocupa por ti —insistió él.

—¿Desde cuándo eres un experto en mi madre?

—Digamos que tengo un punto de vista al respecto más objetivo que el tuyo.

—¿Venís o qué? —gritó la madre de Nate desde el coche—. ¿Ocurre algo?

—No, por supuesto que no —aseguró Shannon zafándose del brazo de Nate y avanzando hacia el coche.

—Bien —respondió la señora Calder con una sonrisa—. Entonces, vámonos.

Nate jugueteó con su plato de ensalada mientras escuchaba cómo Shannon y su madre charlaban alegremente.

Shannon estaba otra vez complicando las cosas. A su madre parecía caerle igual de bien aquella noche que la semana anterior. Al ritmo que estaba yendo, Nate se veía casado y padre de cuatro hijos en un periquete.

Pero aquella idea no le produjo el mismo escalofrío de siempre en la espina dorsal. No pensaba casarse con Shannon, pero si tuviera que contraer matrimonio, ella sería la primera de la lista.

El hecho de pensar en tener una lista de mujeres con las que podría casarse le produjo un miedo horroroso, y decidió golpear suavemente la pierna de Shannon por debajo de la mesa y dirigirle una mirada cargada de intención.

Nate supo que había entendido lo que quería decirle porque Shannon le guiñó un ojo y le dijo:

—He estado pensando en cambiar de trabajo.

—Querida, eso sería maravilloso, de verdad. Aunque te dediques a lo que te dediques, eso no cambiará la opinión que tenemos de ti. En cualquier caso, eres una joven encantadora.

—Muchas gracias, señora Calder —respondió Shannon con una sonrisa.

—¿Y qué tienes pensado hacer? —preguntó la madre de Nate.

—Bueno, yo...

—Shannon, ¿eres tú?

Nate alzó la vista y se encontró con una morena menuda y un hombre alto y delgado que estaban sentados en la mesa de al lado.

—Patricia... —murmuró Shannon entre dientes.

Luego bajó los ojos y se sonrojó. Nate se dio cuenta al instante de que conocía a la pareja, y era obvio que se avergonzaba de que la hubieran pillado vestida de Roxy.

—¿Qué estás haciendo aquí? ¿Y los niños? —preguntó Shannon.

—Kyle ha tenido el detalle de invitarme a cenar, y he dejado a los niños con una canguro. ¿No vas a presentarnos? —dijo Patricia.

Shannon sonrió, y Nate tuvo la sospecha de que sólo él se daba cuenta de lo forzada que era aquella sonrisa.

—Patricia Leonard y Kyle Bruno, éste es Nate Calder y sus padres, Paul y Judy.

—¿Son amigos tuyos del trabajo, querida? —preguntó la señora Calder—. Vaya, Shannon, no nos habías dicho que Candy estaba saliendo con Bruno. Eso es maravilloso.

—¿Candy? —preguntó Patricia.

—Prefiere que la llamen Patricia —corrigió Shannon.

Nate ahogó un gemido. Shannon le había contado a su madre que Patricia era conocida en el club de strip-tease como Candy, y, por supuesto, su madre, una mujer que se olvidaba de que tenía la cena en el horno, no había olvidado ni el más mínimo detalle del supuesto trabajo de Shannon y de sus supuestos amigos.

—¿Por qué no me dijisteis que estabais saliendo? —preguntó Shannon.

—No queríamos que lo supiera nadie —aseguró Patricia—. Acabamos de empezar, y ya sabes cómo es el trabajo. Todo el mundo conoce la vida de todo el mundo.

—Dímelo a mí —murmuró Shannon.

Nate estaba seguro de que estaba pensando en que el lunes por la mañana todo el colegio se enteraría de lo ocurrido aquella noche.

—Supongo que la gente que tiene un trabajo como el vuestro tiende a juntarse —dijo la señora Calder—. Quiero decir que es maravilloso tener amigos que comprendan a qué te dedicas y por qué lo haces. Gente que no te juzgue.

—Tiene usted toda la razón —aseguró Patricia—. Hay mucha gente que sólo se queda con lo malo, en lo duro que puede llegar a ser. No entienden que este trabajo también tiene cosas buenas, y que éstas superan a las negativas.

—Eso mismo me estaba diciendo Shannon la otra noche. ¿Queréis cenar con nosotros? —preguntó la madre de Nate—. Me encantaría tener la oportunidad de conocer mejor a los amigos de Shannon ahora que está tan unida a Nate.

—Por supuesto. Nos encantaría —respondió Patricia, alias Candy, acercando la silla—. Bueno, Nate, y ¿cuánto tiempo llevas saliendo con Shannon?

—Un poco —contestó tratando de comprometerse lo menos posible—. ¿Y cómo ves tú la liga este año? —dijo girándose hacia Kyle.

Nate se las arregló para mantener la conversación en el mundo del deporte. Se figuró que si hablaba de balones y lanzamientos lo suficientemente alto, su madre no tendría oportunidad de hacerle preguntas a la amiga de Shannon sobre su trabajo.

—¿Y cuánto tiempo llevas trabajando con Shannon? —casi gritó la señora Calder mientras miraba a su hijo con desaprobación.

—Va a hacer tres años. ¿No, Shannon? —contestó Patricia.

—Sí —respondió ella en un hilo de voz.

—Yo he practicado todos los deportes de la ciudad —dijo Nate—. Ahora juego al jockey con mis amigos.

—Yo también —aseguró Kyle—. Un grupo de compañeros del trabajo hemos formado un equipo. En julio jugamos un campeonato. Me encanta el baloncesto, pero el jockey es muy duro.

—¿La gente con la que trabajas tiene un equipo de jockey? —preguntó la madre de Nate interviniendo en su conversación.

—Somos aficionados. Sólo jugamos para divertirnos. El trabajo puede llegar a resultar muy estresante, muy exigente, así que necesitamos airearnos. Y para eso nada mejor que patinar por una pista de hielo golpeando un disco.

—Dadas las circunstancias, entiendo que necesitéis desahogaros —aseguró la señora Calder—. Me alegro de que las mujeres con las que trabajáis os tengan a vosotros para cuidarlas.

—Yo cuido de alguna un poco más que de las demás —aseguró Kyle guiñándole un ojo a Patricia.

—Estoy segura de que eres todo un caballero. Shannon me ha contado que has sido su héroe en más de una ocasión.

—¡Oh, sí! Me acuerdo de que una vez que un grupo de gamberros…

Capítulo 7

—BUENO, ha sido una noche de lo más interesante —aseguró Nate mientras se bajaba del coche para acompañar a Shannon hasta el porche de su casa.

Interesante iba a ser la charla que tendría lugar el lunes en la sala de profesores, cuando tratara de explicar lo que había pasado. Sí, aquello sería interesante.

Aunque la mataran, Shannon se sentía incapaz de encontrar ninguna razón que justificara el modo en que iba vestida.

Parecía casi un milagro, pero se las habían arreglado para que la madre de Nate no sospechara nada, aunque había estado muy cerca de descubrir la verdad. Gracias a su común interés por los deportes, los muchachos habían conseguido mantener una conversación bastante larga.

—Interesante —repitió Shannon—. Sí, puede decirse que sí.

Se quedó mirando hacia las luces de la calle, preguntándose si pedirles a Patricia y a Kyle que guardaran silencio. La cita de Shannon iba a estar en boca de todo el colegio el lunes, de eso estaba segura.

—Ha sido... —dijo Nate con una sonrisa sin terminar la frase adrede.

—Divertido, Calder. Muy divertido. Me gustaría ver la gracia que te haría que los clientes de tu farmacia te vieran vestido de motero.

La sonrisa de Nate se desvaneció bruscamente de su rostro, y le colocó suavemente la mano sobre el hombro. Pretendía ser un gesto de consuelo, no pensado para excitarla, pero eso fue exactamente lo que consiguió: excitarla.

El contacto más tenue, el gesto más pequeño, era capaz de calentarle la sangre si venía de manos de Nate.

—Estás enfadada de verdad —murmuró suavemente.

Shannon asintió con la cabeza. Aunque no lo estaba tanto por lo ocurrido durante la cena como por el poder que Nate parecía ejercer sobre ella.

—Oye, lo siento.

—No ha sido culpa tuya —aseguró Shannon encogiéndose de hombros.

—Tendría que haberme negado a salir a cenar

con mi madre. Lo que ocurre es que a veces no sé decirle que no.

—Dímelo a mí. No es culpa tuya que esté metida en esta situación tan absurda. Es culpa de mi madre. Es mucho más comprensible que tú no te niegues a salir a cenar a que yo no sea capaz de decir que no pienso casarme.

—Ya sé que ahora mismo no quieres escuchar esto —dijo Nate con dulzura—, pero tengo que confesar que en cierto modo le estoy agradecido a tu madre.

—¿Agradecido?

De todas las cosas que hubiera esperado oírle decir, aquélla no estaba en la lista.

—Sí. Quiero decir, que si tu madre no hubiera hecho esa apuesta y hubiera empezado a prepararte citas con hombres, no habrías acabado en el bar de Mick. Y entonces yo no te hubiera conocido. Y si no te hubiera conocido, no estaría en el porche de tu casa, con una hermosa luna llena brillando por encima de nosotros, y pensando en hacer esto...

No hubo tiempo para pensar ni para prepararse. Shannon estaba indefensa cuando Nate dejó de hablar y se acercó hasta ella. La giró suavemente hasta que la tuvo de frente e inclinó los labios sobre los suyos.

Shannon podría haber torcido la cara. Podría haber dado un paso atrás. Pero en su lugar, lo besó también.

Cálido. Duro. Apasionado. Todas las ideas de las madres ultraprotectoras respecto a mantener la reputación desaparecieron de golpe al besar a Nate.

Su olor, su sabor, la firmeza de sus labios, el calor de su cuerpo contra el suyo... todo se fundió en una súbita llamarada de deseo. Shannon estaba inmersa en un mar de sensaciones, hundiéndose en él.

El beso se hizo más suave, y lentamente separaron los labios, pero ninguno de ellos dejó de abrazar al otro.

—Guau —dijo Nate cuando fue capaz de recuperar la respiración.

—Tan elocuente como siempre, señor Calder —contestó Shannon riendo.

—A ver qué elocuente te parece esto: te deseo. No sólo quiero besarte en el porche, sino que te deseo entera. Quiero que pasemos dentro, entremos en tu dormitorio y...

—Nate —intervino Shannon, interrumpiendo su descripción aunque se correspondiera exactamente con sus propios deseos—. No sé. No quiero que tratemos de convertir la complicidad que tenemos en lo que no es, en algo que no puede ser. Lo nuestro no es una relación real.

—No estoy sugiriendo que nos casemos. Lo que digo es que podría estar bien. Muy bien. Creo que en las últimas dos semanas ha nacido algo entre nosotros que no es una farsa. Nos hemos hecho amigos. Ambos comprendemos que no estamos preparados para un compromiso para toda la vida. ¿Por qué no podemos ampliar esa amistad hacia algo que los dos claramente deseamos?

—Nate, yo valoro tu amistad. Ya sé que no nos conocemos desde hace mucho tiempo, pero a mí me importas. Y no quiero perderte. ¿De verdad crees que podríamos enrollarnos y aun así seguir siendo amigos?

—¿Por qué no? Sería una amistad que se extendería al dormitorio. Compañeros de cama —añadió tras una breve pausa.

—¿Por qué no? —repitió ella soltando una carcajada—. Sí, realmente eres muy elocuente.

—¿Quieres que sea más elocuente todavía? A ver que te parece esto: no he sido capaz de dejar de pensar en ti desde aquella primera noche en el bar de Mick. Me gusta estar contigo. Me gusta reírme contigo. Me gustó rodearte con mis brazos la otra noche cuando te quedaste dormida. Qué demonios, ni siquiera me importó ver una comedia romántica contigo...

—Pero tú dijiste que *Terminator* no era una película de amor —le recordó Shannon soltando una carcajada.

—Mentí. Tú tenías razón. Es una historia muy romántica.

—¿Y la nuestra? ¿Cómo será la nuestra, Nate?

—Somos amigos. Unos amigos que se desean.

—¿Y será eso suficiente?

Shannon le hizo la pregunta a Nate, pero en realidad se lo estaba preguntando a sí misma.

¿Se conformaría con ser una amiga íntima de Nate?

¿Cómo lo había definido él? Compañeros de cama. Amigos que de vez en cuando se acostaban juntos, pero no tenían ningún compromiso.

¿Funcionaría?

Shannon no conocía la respuesta.

—Creo que será suficiente. Al menos para mí —aseguró Nate—. ¿Y para ti?

—Tengo que confesar que no conozco la respuesta. He salido con otros hombres, pero a ninguno lo he deseado como a ti. Ni he sentido esta sensación de amistad, esta conexión.

—¿Y es suficiente? —preguntó él suavemente atrayéndola más hacia sí, hacia el refugio de sus brazos.

—Por ahora sí —respondió Shannon asintiendo con la cabeza como si se respondiera a su propia pregunta—. Sí. Por ahora es suficiente.

Una vez tomada la decisión no quería pensar ni analizar nada más. Deseaba a Nate, y lo deseaba de inmediato.

Se apartó un instante de sus brazos y rebuscó las llaves en su bolso. Pero le temblaban tanto las manos que fue incapaz de meter la llave en el agujero.

—Déjame a mí —se ofreció Nate.

Abrió la puerta y empujó a Shannon suavemente para que entrara antes de cerrarla tras de sí y dejar las llaves en la bandejita de la entrada.

—Yo...

—Sshh. No estamos hablando. Estamos...

Los labios de Nate volvieron a encontrarse con los suyos, provocando que su deseo se hiciera más fuerte y alcanzara una dimensión descomunal. Sin dejar de besarla, él la hizo avanzar a lo largo del pasillo.

Shannon estaba empezando a tomarle el tranquillo a andar hacia atrás y besar al mismo tiempo cuando un obstáculo detuvo su avance. Tenía la espalda contra la puerta del dormitorio y la parte delantera del cuerpo contra el pecho de Nate. Echó la mano hacia atrás, encontró el picaporte, y ambos se precipitaron en la habitación.

Se quedaron a los pies de la cama y Shannon le echó los brazos alrededor del cuello. La pasión de sus besos se intensificó hasta que amenazó con abrumarla.

Shannon se apartó para tratar de recuperar el aliento, pero Nate no parecía dispuesto a retirarse. Tenía las manos sobre su blusa, y se la estaba quitando. Y de pronto ella lo estaba ayudando. Necesitaba acabar con todas las barreras que hubiera entre ellos. Mientras Nate se quitaba su propia camisa, ella se desabrochaba los pantalones y trataba de bajárselos.

Pero no lo consiguió.

No se movieron ni un centímetro.

Volvió a intentarlo. Por desgracia, el cuero falso parecía tener las mismas características que el verdadero. No se deslizaba bien sobre la piel húmeda y caliente.

Y Shannon estaba que ardía. No por la temperatura, sino por el hombre que tenía a su lado observándola mientras ella tiraba hacia abajo de la cinturilla de sus pantalones.

—¿Algún problema? —preguntó Nate arrojando su propia camisa al suelo.

Ella se quedó mirando fijamente su torso desnudo. Era una visión impresionante. Firme pero sin exagerar. Era el pecho de un hombre deportista, pero que no estaba obsesionado con su cuerpo. Shannon alzó la mano y le trazó una línea imaginaria con la yema de un dedo.

—Shannon, ¿qué pasa? ¿Por qué lo has dejado?

¿Dejado? Tenía la mente confusa. Se sentía como borracha ante la visión de su cuerpo.

—¿Dejado? —repitió ella.

—Has dejado de desnudarte —aseguró Nate bajándose la cremallera de los pantalones con una parsimonia enloquecedora.

—Yo... esto...

¿De qué estaban hablando? Shannon no tenía ni idea. Se quedó parada, sin poder moverse, hipnotizada mientras observaba cada movimiento que Nate hacía.

—Shannon, querida —susurró él llamándola por aquel apodo mientras acercaba su rostro al suyo.

Sus labios volvieron a encontrarse. Ella se sentía consumida por la urgencia, por el deseo. Un deseo que necesitaba consumarse.

Su sujetador se interponía entre ella y el pecho desnudo de Nate. Se llevó las manos atrás y trató de desabrochárselo, pero las manos le temblaban demasiado.

—Permíteme —susurró Nate contra sus labios hablando sin dejar de besarla.

Le desabrochó el sujetador, y antes de que pudiera tomar aliento de nuevo ya se lo había quitado. El pecho de Shannon se apretó contra el suyo, y los latidos de sus corazones se fundieron en uno solo.

Nate deslizó la mano entre sus pechos unidos y le acarició levemente un pezón. Fue sólo un leve roce, y ella se escuchó a sí misma gemir.

—Déjame ayudarte con los pantalones —susurró él metiéndole las manos en la cinturilla y tirando hacia abajo.

Pero no se movieron.

—Tal vez si te sientas en la cama y yo tiro... —sugirió Nate.

Shannon asintió con la cabeza. Estaba empezando a sentir un poco de claustrofobia. ¿Y si no podía volver a quitarse aquellos pantalones?

—Debería habérmelos sacado antes de estar tan...

—¿Caliente? —preguntó él, incapaz de disimular un deje de orgullo masculino.

—Sí —reconoció Shannon—, pero déjame decirte una cosa: si no conseguimos quitármelos pronto, puede que me muera de deseo.

—Me gusta tu manera de hablar —dijo Nate arqueando las cejas.

Ambos estallaron en una carcajada.

Tal vez eran los nervios, o tal vez había algo especial en su relación con Nate. Algo más que una amistad. Algo sobre lo que tendría que reflexionar.

Pero ya pensaría en ello al día siguiente. En ese momento, lo único que quería era librarse de los pantalones.

—Vamos allá —dijo Nate tirando suave pero firmemente.

Lentamente, a tirones, consiguió bajárselos. Una vez que los tuvo en las caderas, se los quitó.

Por fin estaba libre.

—Eh, Roxy, me gusta tu ropa interior.

Shannon se sonrojó. Sabía que se refería a su tanga.

—Lo compré con el resto del conjunto. Me hacía sentirme más sexy.

—Creo que deberías llevarlo siempre —aseguró Nate tumbándola sobre la cama—. Pensar en tu blusita azul de niña buena, los vaqueros y las zapatillas de deporte blancas, tan modosita por fuera, y pensar que soy el único que sabe lo que llevas debajo... Me gusta.

Shannon estaba sentada a su lado, y las manos de Nate se movían por todo su cuerpo, como si tratara de memorizar cada rincón de su cuerpo.

—Acércate un poco más —murmuró atrayéndola hacía sí de modo que sus muslos se tocaron.

Ella estaba cayendo totalmente bajo su embrujo.

—No sé qué decirte, Toro —murmuró—. Mi madre dice que los moteros son muy peligrosos...

—Y lo somos. Vivimos en el lado salvaje.

Shannon alzó la mano y recorrió con ella la desnudez de su torso.

—Y bien, ¿dónde estábamos?

—Creo que estábamos en esto...—susurró Nate abrazándola mientras la besaba.

Toda la diversión y las risas se esfumaron tras una ola de deseo.

Se besaron, se acariciaron. Shannon se olvidó del mundo que quedaba más allá del dormitorio. Olvidó todas sus dudas. En su lugar sólo estaba aquel hombre. Aquel momento. La sensación de tenerlo tan cerca. Su aroma.

Shannon flotaba por encima de la ola de sensaciones que le atravesaba el cuerpo.

—Nate... —susurró cuando él apartó los labios de los suyos para explorar otros caminos.

Bajó más y más. Llegó hasta el tanga, pero en lugar de quitárselo, la acarició por encima y a través de él.

El efecto fue el mismo que una combustión espontánea. Shannon se movió bajo su caricia hasta que no pudo soportarlo más.

—Te toca a ti —murmuró al darse cuenta de que él no se había quitado todavía los pantalones.

—No he terminado todavía.

—Lo sé, pero de todos modos es mi turno.

Ella comenzó su propio estudio, tratando de conocerlo todo sobre él. Su piel suave, sus músculos, su vello... texturas diferentes, distintas sensaciones que conformaban lo que era Nate.

Shannon se deslizó hasta el cajón de su mesilla de noche y sacó un paquetito. Los preservativos no le habían parecido nunca muy sensuales, pero cuando colocó aquél suavemente en su sitio, ajustándolo con firmeza a su masculinidad, se dio cuenta de que podían llegar a serlo. Supo que con la persona apropiada cada movimiento formaba parte del conjunto y podía convertirse en una parte erótica del acto amoroso.

Shannon se estremeció de deseo.

Nate gimió y con un certero movimiento le quitó el tanga y se hundió en sus profundidades. Ella recibió sus embistes con alegría. Necesitaba sentirlo lo más dentro posible. Necesitaba conducir aquel deseo hacia su culminación.

Y de pronto, ya no era deseo. El ritmo de Nate la llevó hasta el borde mismo de la plenitud. Shannon gritó al sentir aquella sensación tan poderosa. Y ante aquel gemido primitivo, Nate gimió también, sus movimientos se ralentizaron y luego se detuvo. Seguía hundido dentro de ella, formando parte de su ser, fundido con su piel.

—Guau —dijo con una sonrisa girándose lentamente hacia un lado.

Tal vez Nate Calder no fuera el hombre más elocuente del mundo, pero lo cierto era que en aquel momento a Shannon no se le ocurrió una forma mejor de definirlo.

—Guau —repitió hundiéndose entre sus brazos.

Nate abrazó a Shannon mientras ella se dormía. Él estaba demasiado conmocionado como para descansar.

Lo que acababan de compartir...
No tenía palabras para definirlo.
Le hubiera gustado pensar que se había tratado

sólo de sexo. Dos amigos compartiendo un momento especial.

Compañeros de cama, como él mismo había dicho.

Pero no había sido sólo sexo.

Se habían reído juntos con el asunto de los pantalones. Él nunca se había reído en medio de un momento de intimidad con una mujer. Aquello ya era en sí mismo algo nuevo.

Nate acarició un mechón de cabello rizado.

Shannon O'Malley era distinta a cualquier mujer con la que había mantenido una relación. No estaba muy seguro de en qué consistía aquella diferencia, pero estaba seguro de que era adictiva.

Después de lo que acababan de hacer, Nate tendría que estar pensando ya en marcharse a casa. Nunca había pasado la noche con una mujer, a excepción del día que se había quedado dormido en casa de Shannon.

Nate sabía que a menos que ella lo echara se quedaría aquella noche. Se quedaría todo el tiempo que lo dejara.

Se deslizó lentamente de la cama y fue al cuarto de baño. Después volvió a meterse entre las sábanas y la atrajo hacia sí.

Dormida, Shannon se acunó contra su pecho y suspiró. Nate supo que entonces él también se dormiría. Tal vez en sus sueños lograra descubrir qué era lo que hacía distinta a Shannon Roxy O'Malley.

Capítulo 8

SHANNON se despertó con una sensación cálida y pesada. Su mente adormilada tardó un instante en averiguar el porqué.

Había alguien en su cama.

Más concretamente, Nathan Calder, alias Toro, estaba tumbado a su lado.

Y más concretamente… a Shannon le gustaba.

Aquélla era la segunda vez que se despertaba a su lado.

Sonrió y se apretó contra él hasta que sintió su cuerpo presionándole la espalda. Nate se movió aún dormido y le rodeó la cintura con los brazos.

Había dormido con Nate, en el sentido figurado y en el literal. Y era más fácil comprender la parte de dormir que la otra.

Aquello era sólo una amistad que se había prolongado hasta el dormitorio.

Lo que hacía difícil clasificar lo que había ocurrido entre ellos como «hacer el amor», aunque eso era exactamente lo que Shannon sentía que habían hecho.

Se giró para mirar al hombre que tenía al lado, y se llevó una sorpresa al verlo con los ojos abiertos.

—Lo siento —le dijo con una sonrisa—. No quería despertarte.

—Ya llevo un rato despierto —aseguró Nate—. Contemplando el paisaje.

—¿Paisaje?

Desde la cama no se podía ver la ventana de su dormitorio. Pero entonces cayó en la cuenta de a qué se refería Nate.

—Ya veo —dijo tapándose un poco la desnudez con las sábanas—. Estaba pensando en... bueno, en ponerle un nombre a lo que hemos hecho esta noche. Tú dijiste que éramos compañeros de cama, pero se me ocurre un término mucho mejor.

—¿Y cuál es? —preguntó Nate jugueteando dulcemente con su cabello.

—Compañeros de rollo.

—¿Cómo?

—Bueno, no podemos definirnos como amantes...

—¿Por qué no? —preguntó él.

Shannon había esperado que se riera cuando le contara el nombre que le había dado a su relación. Pero más bien le pareció intuir un deje de enfado en su tono de voz. Ella se movió ligeramente, dejando algo más de espacio entre ellos.

—¿Por qué no podemos definirnos como amantes? —insistió Nate.

—Porque no lo somos. Tú no me amas. Yo no te amo. Nos gustamos, somos compañeros de fechorías. Amigos. Una amistad que se extiende hasta el dormitorio, ¿recuerdas?

Nate lo recordaba perfectamente. Era él quien había dicho aquella tontería la noche anterior. Y la noche anterior le parecía lógico y absolutamente apetecible ser sólo compañeros de dormitorio.

Pero aquella mañana...

No quería ser lógico.

No quería que fueran sólo unos amigos que dormían juntos.

Y no quería que lo que había hecho con Shannon quedara reducido simplemente a un término tan frívolo como «compañeros de rollo».

Lo que habían compartido era... mágico. Nate parpadeó al pensar en aquella palabra. Sonaba demasiado sentimental para lo que él estaba acostumbrado, pero era precisamente el término adecuado.

Mágico.

Lo que habían hecho juntos era superior a cualquier cosa que él había experimentado con anterioridad, y Shannon estaba haciendo todo lo posible por restarle importancia.

—Nate, ¿qué te pasa? —preguntó ella con dulzura.

—Nada —mintió él.

Shannon y el habían hecho algo más que enrollarse.

¿Habían hecho el amor?

Eso sonaba mucho más apropiado.

Normalmente, utilizar una frase como «hacer el amor» solía darle grima. Pero esta vez, no. Con Shannon, no.

Y sin embargo, no se lo dijo a ella, porque decir aquella frase en voz alta le daría un poder que no estaba muy seguro de estar dispuesto a otorgarle.

Shannon se apartó más de él.

—Creo que voy a darme una ducha, si no te importa —dijo—. Está claro que tienes un mal despertar.

—¿Por qué dices eso? —preguntó Nate sin poder evitar el reproche en su tono de voz.

—Estás hosco y muy callado. Dejaré que te espabiles mientras me visto.

—De acuerdo.

Shannon se enrolló la sábana alrededor del cuerpo mientras salía de la cama. Nate ni siquiera iba a tener la oportunidad de disfrutar del paisaje.

Estupendo.

Lo que iba a ser una mañana prometedora no podría estar resultando peor.

Shannon se duchó y después se dirigió a la cocina. Reinaba una atmósfera opresiva.

Nate seguía callado y ella ya no estaba segura de que se tratara sólo de malhumor matinal. Parecía enfadado por algo.

Tal vez se arrepentía de lo que habían hecho.

Tal vez pensaba que ella iba a empezar a agobiarle con demandas de novia. Mientras abría la alacena para sacar el bote de café, Shannon pensó que no tenía ninguna intención de hacerlo.

Ella tampoco estaba buscando una relación estable.

Eran amigos, aliados en una causa, y compañeros de rollo, nada más y nada menos. Eso no les daba ningún derecho a exigirse nada. De hecho, lo que ambos buscaban era una relación sin compromisos. Y si aquélla era la razón por la que Nate estaba enfadado, más le valía que se le pasara.

Y sin embargo, el de la noche anterior había sido el mejor rollo de su vida.

Era muy poco frecuente y muy especial estar con un hombre que la hiciera reír y al mismo tiempo temblar de deseo. Un hombre así había que cuidarlo.

Pero cuidarlo no significaba poseerlo.

—¿Quieres tomar algo con el café? —le preguntó Shannon al hombre hosco y callado que estaba sentado en su cocina.

—Te recuerdo que no sabes cocinar.

—Pero puedo prepararte un cuenco de cereales —aseguró ella.

—¿Estás segura? Yo…

El timbre de la puerta interrumpió sus palabras.

Tal y como había comenzado la mañana, Shannon había pensado que las cosas no podían ir peor… Y entonces volvió a sonar el timbre.

—Abre, Shannon. Soy mamá.

Las cosas habían ido de peor a catástrofe absoluta.

—Maldición —dijo Shannon—. ¿Crees que puedo fingir que no estoy en casa?

—Shannon, sé que estás ahí —gritó su madre.

—No —respondió Nate—. Creo que sabe que estás aquí. Y teniendo en cuenta que tengo la Harley aparcada delante de tu casa, apuesto lo que quieras a que sabe que yo también estoy aquí.

—Maldición.

—¿Quieres que me vaya? —se ofreció.

Si Shannon no estuviera tan molesta por su mal humor, habría suspirado y dicho algo parecido a «mi héroe». Pero estaba molesta.

Nate se arrepentía de lo sucedido la noche anterior y eso explicaba su actitud.

Bien. Pues que se arrepintiera.

Ella no había puesto ninguna esperanza en que aquella relación fuera a ser eterna.

—Shannon, ¿quieres que me vaya? —repitió Nate.

—No —respondió ella negando con la cabeza—. Es mi madre. Es mi problema. Pero prepárate. Ya sabes lo que va a pensar.

—Pensará que hemos dormido juntos. ¡Ah, no! ¿Qué término has utilizado tú? «Enrollado» —dijo Nate escupiendo prácticamente la palabra—. Va a pensar que nos hemos enrollado.

—¿Qué pasa contigo esta mañana? —preguntó Shannon, harta de su actitud—. Estás de mal humor desde que te has despertado. Tal vez te arrepientas de lo que sucedió anoche, pero no tienes de qué preocuparte. No pienso agobiarte. Tú has sentado las normas y yo estoy encantada de cumplirlas. Un rollo rápido no va a cambiar mi deseo de permanecer independiente.

—Ve a abrir la puerta, Shannon. Yo terminaré de preparar el café y podremos hablar de mi mal humor cuando tu visita se haya marchado.

—Muy bien —respondió ella dirigiéndose a la puerta con tanta alegría como si fuese camino de la guillotina.

Nate se arrepentía de la noche anterior. Seguro que iba a decirle que quería acabar con aquella farsa y con su amistad.

Y Shannon podría pasar sin volver a interpretar a Roxy, pero si no volvía a ver a Nate... lo iba a echar de menos.

Maldición.

Y por si aquello no fuera suficiente problema, su madre estaba allí.

¿Qué más cosas podían salir mal aquella mañana?

—Buenos días, mamá —dijo Shannon abriendo la puerta—. ¿Qué te trae por aquí?

—Shannon Bonnie O'Malley —respondió su madre avanzando hacia el recibidor—, ese hombre está aquí.

—Sí, así es. Creo que está en la cocina preparando café. ¿Te apetece una taza?

—No. Son las ocho de la mañana del sábado y

hay un hombre en tu cocina haciendo café. ¿Es que no te das cuenta de que hay algo que no está bien?

—Sí —respondió Shannon tratando de aparentar seriedad—. Hay algo que no está bien. No estoy en la cocina tomándome ese café, y ya sabes que yo funciono mejor con una dosis de cafeína circulando por mis venas.

—Mira, Shannon, soy consciente de que eres una mujer adulta…

—¿Ah, sí? —preguntó su hija con suavidad.

—¿Sí, qué?

—¿De verdad estás segura de lo que dices?

—Por supuesto que sí. Tú y tu hermana sois adultas, y lo último que desearía sería entrometerme en vuestras vidas.

—Entonces, ¿por qué estás aquí gritando que hay un hombre en mi cocina? ¿Por qué llevas semanas tratando de encontrarme un marido? ¿Por qué…?

Su siguiente pregunta tendría que esperar. Alguien estaba llamando a la puerta.

—¿Has dejado a papá fuera? —preguntó Shannon.

—No, está en casa. No sabe que Nate y tú estáis prácticamente viviendo juntos. Al pobre hombre le daría un ataque al corazón si supiera que su hija está amancebada.

—Yo no estoy amancebada. Pero si no es papá, entonces quién…

Shannon dejó la pregunta colgando al abrir la puerta y encontrarse frente a la madre de Nate.

—¿Señora Calder? —dijo con voz trémula.

—Hola, Shannon, ¿está Nate aquí?

—¿Nate? —preguntó la madre de Shannon—. Querrá decir Toro...

—¿Toro? —repitió la señora Calder, claramente confundida.

—El alias motero de Nate —aclaró la madre de Shannon.

—Esa maldita moto... —dijo la señora Calder entrando—. La odio. Va a tener un accidente y a matarse. ¡Pero si casi se mata arreglándome el fregadero! Un hombre que se hace una herida debajo de un fregadero no debería ir por ahí montado en una moto. La odio, de verdad.

—No me extraña —aseguró la madre de Shannon asintiendo con la cabeza—. Toro podría caerse por cualquier cuesta resbaladiza.

La señora Calder le dedicó una mirada de extrañeza. Shannon sentía como si fuera Alicia en el País de las Maravillas y estuviera tomando el té con los personajes del cuento.

Su madre pensaba que Nate era un motero, y la madre de Nate pensaba que ella era una bailarina de strip-tease.

Si la cena de la noche anterior había sido una locura, aquella reunión matinal iba a resultar absolutamente desquiciante.

—Iré a buscar a Nate —dijo Shannon suavemente.

Necesitaba ayuda.

Tal vez estuviera enfadado, pero la mitad del problema de las madres era suyo.

¿Dónde se había metido? No se tardaba tanto en preparar café. Seguramente estaba escondido. Pues ya podía aparecer, porque Shannon estaba dispuesta a enfrentarse a su propia madre a solas, pero desde luego no pensaba hacerlo también con la de Nate.

—¿Por qué no os ponéis cómodas mientras voy a buscarlo?

—No hace falta —dijo Nate apareciendo por el pasillo.

Estaba claro que le había dado tiempo a darse una ducha rápida. Llevaba puestos los pantalones vaqueros de la noche anterior y una de las camisetas antiguas de Shannon. Lo que para ella era una prenda floja, a él le quedaba perfectamente ajustada, marcándole los músculos del pecho.

Shannon conocía ahora aquel pecho de primera mano, y el recuerdo la hizo estremecerse.

—Mamá, señora O'Malley —dijo Nate—, ¿no creéis que es un poco pronto para venir de visita?

—He intentado llamarte al móvil —dijo la señora Calder—, pero tenías puesto el contestador.

—¿Cómo has sabido dónde vive Shannon, mamá?

—Lo miré en la guía telefónica —dijo antes de girarse hacia Shannon—. ¿No crees que sería mejor ocultar tu número, querida? Teniendo en cuenta tu trabajo...

Shannon estiró el brazo y agarró la mano de Nate. Cualquier problema que pudiera haber entre ellos aquella mañana quedó olvidado. Tenían que unir fuerzas para combatir a sus enemigos comunes.

Dos enemigos a la vez, y antes de tomarse un café, era demasiado.

—Shannon —dijo la señora O'Malley—, la madre de Toro tiene razón. No me había dado cuenta de que tu número está en la guía de teléfonos. Cualquiera de tus alumnos podría llamarte a casa.

—¿Alumnos? —repitió la señora Calder—. Alumnos. Es una buena manera de llamarlos, supongo. Tienen mucho que aprender, y por eso yo quería organizar...

—Mamá, ¿para qué me buscabas? —la interrumpió Nate.

—¡Ah, sí! Te ha llamado Mick. Dijo que habías quedado con él a las siete de la mañana para no sé qué de unos peces.

—Lo había olvidado por completo —aseguró girándose hacia Shannon—. Habíamos quedado para ir a pescar con un grupo de compañeros de la universidad.

—Te están esperando en la bahía —añadió su madre.

—Y en cuanto a ese café... —dijo la señora O'Malley.

—Es una buena idea —contestó la señora Calder—. Así tendré la oportunidad de conocerla mejor.

Shannon no quería que su madre y la señora Calder compartieran confidencias con una taza de café, pero ambas se dirigían ya hacia la cocina. Trató de pensar en algo para detenerlas y se aclaró la garganta, convencida de que se le ocurriría alguna idea estupenda.

Comenzó a carraspear, pero no le salían las palabras.

Lo intentó de nuevo en vano.

Las dos mujeres se detuvieron.

—Shannon, ¿te encuentras bien? —preguntó su madre.

—Creo... creo que me he atragantado con algo —aseguró ella comenzando a toser.

—Nathan, haz algo —dijo la señora Calder mientras la madre de Shannon se precipitaba hacia su hija.

Nate le dio un golpe en la espalda mientras ella seguía sin parar de toser.

Aquello funcionaba. Las madres se habían olvidado del café y parecían preocupadas mientras la observaban toser.

—Nate —dijo la señora Calder cuando su hijo volvió a golpear a Shannon en la espalda—, ya sé que piensas que los golpes son la solución para arreglarlo todo, pero no creo que en esta ocasión sirvan de algo.

A Shannon le rascaba la garganta, así que dejó de toser y dijo:

—Creo que ya estoy mejor. Me has salvado, Nate.

—¿Lo ves? —dijo él dirigiéndole a su madre una mirada de superioridad—. Golpear sí que funciona.

—Cariño, ¿seguro que estás bien? —preguntó la señora O'Malley.

—Espera a que recupere el aliento —respondió ella con voz ronca.

Shannon se inclinó hacia delante, haciendo como si se estuviera recuperando de su ataque de tos, y cayó en la cuenta de que el tatuaje de Nate se estaba emborronando.

Era sólo cuestión de tiempo que su madre se diera cuenta. Era muy buena fijándose en los detalles.

—Escuchad: será mejor que baje a la bahía antes de que los chicos se vayan sin mí. Gracias por avisarme, mamá —dijo Nate guiando a su madre hacia la puerta.

—¿Y qué pasa con el café? —preguntó la señora Calder.

—Creo que será mejor dejarlo para otro día. Yo tengo que irme, y Shannon debería hacer gárgaras con algún líquido.

—¿Y si empieza a toser de nuevo? —preguntó la señora O'Malley.

—Fuera lo que fuera, las palmaditas de Nate me lo han sacado. Estoy bien. Ya tomaremos ese café en otro momento.

—Te llamaré esta semana, mamá —dijo Nate, su héroe, empujando a sus madres hacia la puerta.

—Lo mismo digo —le aseguró Shannon a la suya.

—Pero...

—Gracias por venir —dijeron ambos al unísono mientras Nate las echaba literalmente por la puerta.

Shannon la cerró antes de que pudieran protestar.

—Uff —dijo ella.

—Sí, uff —repitió Nate.

—Será mejor que te vayas si quieres ir a pescar.
—¿De verdad que no te importa?
—¿Importarme? ¿Por qué? La gracia de esta relación es que no tenemos ningún compromiso el uno con el otro. Estamos juntos sólo cuando queremos. Sin complicaciones, ¿recuerdas?
—Sí. Compañeros de rollo —respondió él con un cierto deje que podría parecer de molestia.
—Sí —aseguró Shannon—. Compañeros de rollo. Y ahora lárgate.
—Está bien. Te llamaré, ¿de acuerdo?
—Claro —respondió ella con una sonrisa besándolo en la mejilla.

Siguió con la sonrisa en la boca hasta que él se marchó, y entonces se desvaneció de su rostro. Shannon no sabía qué le pasaba. Aquélla era la relación perfecta.

Sin complicaciones.

Estaban saliendo, pero sin salir.

Podría seguir viendo sus comedias románticas y tener un buen escarceo de vez en cuando.

Y a eso había que añadirle que su madre la dejaría en paz.

Eso estaba muy bien.

Mejor que bien.

Entonces, ¿por qué tenía la impresión de que todo era un desastre?

Capítulo 9

EL lunes por la tarde, Shannon se tomó su hora de descanso al aire libre, igual que el resto de los profesores. Los inviernos de Erie eran largos y fríos, y los días de primavera constituían un tesoro.

Nate había regresado tarde la noche anterior de su fin de semana de pesca, pero la había llamado.

Ella no lo esperaba, y le había gustado mucho que lo hiciera. Le había gustado demasiado.

Porque si se sentía tan feliz al saber de él, ¿cómo se sentiría si no la llamara?

Desgraciada.

Y se suponía que una no tenía que sentirse desgraciada si no llamaba por teléfono un rollo ocasional.

Después de todo, el meollo de su relación era

que podían permitirse el lujo de no llamar. Entonces, ¿qué le estaba pasando?

No tenía tiempo de averiguarlo, porque tenía otras cosas de qué preocuparse. Patricia avanzaba hacia ella con una mirada decidida en los ojos.

Shannon sabía que la iba a bombardear a preguntas sobre lo ocurrido en el restaurante. Estaba prevenida, y para ello tenía pensado un plan. Había decidido ir a la ofensiva. En lugar de tratar de explicar su atuendo, atacaría.

Su compañera se acercó hasta el banco con expresión de absoluta curiosidad, pero antes de que pudiera comenzar con el interrogatorio, Shannon le espetó:

—Patricia, ¿cómo has podido?

—¿A qué te refieres? —preguntó su compañera sentándose a su lado con expresión confusa.

—¿Cómo has podido ocultarme que Kyle y tú estabais saliendo? Somos amigas, ¿no?, y se supone que las amigas se cuentan esas cosas.

—Bueno, estabas tan emocionada con tu cita que se me olvidó —aseguró Patricia.

Sonaba plausible, pero Shannon vislumbró un gesto de culpabilidad que cruzó el rostro de Patricia.

Fue muy tenue, pero lo vio.

—Ya. No querías que nadie lo supiera, ni siquiera yo.

—Está bien, hablemos de ocultar cosas —dijo Patricia—. Tú me hiciste creer que estabas contenta por tener una cita, cuando en realidad estabas feliz porque ibas a quedar con el hombre al que amas.

Se detuvo un instante, como si esperara una respuesta, pero Shannon fue incapaz de pensar en nada que decir. Esperaba un interrogatorio sobre su vestimenta, no sobre el amor. Porque ella no estaba enamorada.

Por supuesto que no lo estaba.

—Estás enamorada —repitió Patricia, como si le hubiera leído el pensamiento—. Y ni siquiera me lo has contado.

—Yo...

A Shannon le resultó difícil terminar la frase.

Parecía como si las palabras se negaran a salir, pero se forzó a hablar, esperando que Patricia no notara el esfuerzo.

—No lo estoy —aseguró negando con la cabeza—. Te equivocas. Nate y yo somos amigos.

«Compañeros de rollo», pensó para sus adentros. Pero no lo dijo en alto. No había ninguna razón para darle a Patricia más combustible que añadir al fuego.

—¿Amigos? He visto cómo lo mirabas. No se mira así a un amigo.

¿Qué había pasado con su plan de ataque?

Era el momento de volver sobre sus pasos.

—Escucha, en cuanto a Kyle y tú...

—Te contaré todo en cuanto me pongas al corriente de qué está ocurriendo entre Nate y tú. Y espero que esa explicación incluya por qué ibas vestida con aquellos pantalones de cuero.

Allí estaba el comentario sobre su atuendo que estaba esperando.

—No eran de cuero —admitió Shannon—. Eran de imitación. Y te sugiero que evites a toda costa ese material, sobre todo si se trata de una cita amorosa.

Shannon recordó su experiencia con los pantalones y sonrió.

—¡Ajá! —gritó Patricia—. Ahí lo tienes. Estabas pensando en él.

—¿Cómo?

—Esa sonrisa —dijo su amiga inclinándose hacia ella—, es la prueba de que estás enamorada. Vamos, suéltalo.

Y aunque aquello no había entrado en sus planes, Shannon así lo hizo. Cuando se acabó el recreo, le había contado a Patricia toda la historia.

—Qué romántico —dijo su amiga exhalando un suspiro—. Y qué irónico.

—¿Irónico?

Idiota. Así le había sonado a ella el cuento mientras lo relataba.

Después de todo, era una adulta. ¿Por qué diablos tenía que llevar a cabo estrategias tan elaboradas sólo para acabar con los planes de su madre?

La verdad era que no tenía necesidad de hacerlo.

Entonces, ¿por qué había accedido a llevar a cabo aquel plan tan descabellado con Nate?

Porque él tenía algo especial. Se habían reído mientras compartían las descripciones para no dormir de sus madres. Y se habían reído aún más mientras planeaban su vía de escape. Se sentía bien estando con Nate.

Mejor que bien. Se sentía…

—Nate y tú os habéis compinchado para evitar precisamente esto.

—¿Precisamente qué? —preguntó Shannon sacudiendo la cabeza para regresar a la conversación.

—Esto: enamoraros —aseguró Patricia con otro suspiro llevándose la mano al corazón.

—No has entendido nada. No queríamos evitar enamorarnos. Queríamos escapar de los planes de nuestras madres.

—Pero os habéis enamorado —repitió su amiga, enfatizando la palabra.

—No nos hemos enamorado.

—Escucha, Roxy —le dijo Patricia con cierto retintín—, puedes negarlo cuanto quieras, pero reconozco el amor en cuanto lo veo, y tú estás enamorada.

—Pero… pero… —balbuceó Shannon.

No estaba enamorada de Nate.

Se conocían sólo desde hacía unas pocas semanas.

Por supuesto, le gustaba estar con él. Desde la primera vez que se vieron había sentido una especie de conexión.

Y tal vez lo echaba de menos cuando no estaban juntos.

Y luego estaba el hecho de que no había podido dejar de pensar en él, y, lo que era aún peor, de soñar con él. Sueños eróticos que no podían ni compararse con la sensación real y ardiente de hacer el amor con Nate.

Pero eso no significaba que estuviera enamorada.

O eso esperaba.

—No estoy buscando ese tipo de relación —aseguró.

—Shannon, el amor no se puede planear —continuó diciendo Patricia—. Es lo que es. Tú amas a Nate.

—¿Amo a Nate? —susurró Shannon como para sus adentros, sopesando las palabras para comprobar cómo sonaban al pronunciarlas.

Sonaban bien.

Muy bien.

¿Amaba a Nate?

¡Amaba a Nate!

¿Cómo era posible que no se hubiera dado cuenta de que se había enamorado?

—Amo a Nate —afirmó más que preguntó.

—Efectivamente —confirmó Patricia con una sonrisa—. ¿Y qué vas a hacer al respecto?

Aquélla era otra cuestión.

Amaba a Nate, un hombre en busca de una relación sin complicaciones.

Y, de pronto, lo que compartían parecía haberse complicado.

Nate parecía no dar crédito.

Más que eso: parecía estar a punto de tirarse de los pelos cuando escuchó lo que la otra persona le estaba diciendo al otro lado del teléfono.

Shannon estaba apoyada sobre el mostrador, esperando a que él se fijara en ella. Cuando la vio, él le sonrió y le hizo un gesto con el dedo para que esperara.

—No, señora. No hay que tomarlo oralmente. Es un supositorio. Va por vía…

Nate terminó su explicación y Shannon sintió lástima por él. Después de todo, aquél era un asunto incómodo de explicar.

—Hola —dijo él colgando el teléfono.

—¿Un mal día? —preguntó Shannon.

—Ni te lo imaginas. Estoy acostumbrado a que me hagan preguntas raras, y soy capaz de responderlas sin pestañear, pero hoy estoy yendo de una en otra. He tenido que explicarle a una mujer que las píldoras anticonceptivas hay que tomarlas todos los días, no sólo cuando se practica sexo. Y luego ha venido una pareja que… no creo que sea necesario asustarte a ti también —dijo tras detenerse un instante—. Y bien, ¿qué te trae por aquí?

—A lo mejor traigo una receta —dijo con tono jocoso, tratando de hacerlo sonreír—. O tal vez quería verte.

Aquélla era la verdad.

Desde el momento en que se le había encendido la bombilla aquella tarde, estaba ansiosa por verlo y comprobar si era cierto, si realmente estaba enamorada de aquel hombre.

Lo miró fijamente y trató de sopesar lo que sentía… y no pudo. Era tan inmenso y tan abrumador que no podía ser cuantificado.

No tenía límites.

Sólo existía un sentimiento así de poderoso. El amor.

Sí, amaba a Nathan Calder.

¿Y ahora qué?

¿Le decía que lo amaba o esperaba y trataba simplemente de mantener una conversación banal?

«Oye, Nate, ya no se te cala nunca la moto. Y por cierto, creo que te amo».

Shannon ahogó un gruñido.

No, tendría que esperar a una mejor ocasión para poder decírselo.

—¿Te ocurre algo? —preguntó él—. ¿Ha vuelto a ir mi madre a tu casa?

—No, no pasa nada. Pensé que te gustaría cenar conmigo.

Cenar.

Podría decírselo durante la cena. Después de todo, lo mejor sería soltarlo y terminar con el asunto.

No quería preocuparse ni de las formas ni del estilo. Ni siquiera le importaba haber cambiado los papeles. Sólo pronunciaría aquellas dos palabras: «te amo», y confiaría en que la cosa saliera bien.

Sí, se lo diría durante la cena.

—Me parece muy bien. No te imaginas cuánto necesito una noche tranquila. La idea de una velada serena y sin complicaciones me resulta muy atractiva.

Shannon estuvo a punto de gemir al escuchar la palabra *tranquila*.

Estaba segura de que decirle a Nate que lo amaba no ayudaría a pasar una velada tranquila. Después de todo, el hecho de amarlo lo cambiaba todo. Y todo el mundo sabía que los cambios son siempre complicados.

No iba a decírselo.

Tal vez Nate se diera cuenta por sí mismo. ¿Cómo podría ser de otro modo? Shannon sentía como si tuviera un cartel luminoso sobre la cabeza en el que se leía: *amo a Nathan*.

¿Cómo podría él no darse cuenta?

Haría el amor con él suave y lentamente y así lo sabría. Sí, aquél era un buen plan.

Shannon sonrió ante la idea y dijo:

—Bueno, veremos si podemos encontrar algo que te alivie el estrés.

—Suena estupendamente —contestó Nate susurrándole algunas sugerencias al oído.

—Nate... —susurró ella a su vez sintiendo cómo se derretía.

Si le permitía hacer lo que Nate estaba planeando, tal vez podría decirle te quiero al oído.

Y tal vez él se lo susurraría a su vez a ella.

Shannon no pudo evitar pensar que entonces se derretiría, pero de verdad.

Sí, se lo diría.

—Me alegro mucho de que hayas pasado a verme —continuó diciendo Nate—. Quiero decir, que todo el mundo ha venido hoy a pedirme cosas: Dame esto, dame lo otro... Qué maravilla tener una relación sin presiones como la nuestra.

Sin presiones.
Si Shannon decía te quiero, tal vez él se sentiría obligado a repetir aquellas palabras.
Y sin duda aquello sería presionar.
Maldición. No iba a decírselo.
Al menos, no aquella noche.
Shannon quería el momento perfecto para pronunciar aquellas palabras. La noche perfecta.
Y aquélla no parecía serlo.
No, no iba a decírselo.
—Perdona un segundo —dijo Nate cuando sonó el teléfono dirigiéndose a la parte de atrás de la farmacia.
Shannon lo vio marcharse y sintió cómo se le ensanchaba el corazón, amenazando con salírsele del pecho. Se preguntó cómo podría pasarse toda la noche mirando a Nate, escuchándolo, riéndose con él y no decirle lo que sentía. Era un sentimiento demasiado poderoso.
Aunque tuviera planeado no decírselo, a lo mejor se le escapaba.
Entonces las cosas se complicarían, y Nate se sentiría presionado y nunca le diría a su vez aquellas palabras.
Era una excusa y ella lo sabía, pero aunque hubiera descubierto que estaba enamorada de Nate, no estaba muy segura de qué hacer con aquel sentimiento.
Sintiéndose como una completa cobarde, Shannon miró al mozo de farmacia y le dijo:
—Por favor, dígale a Nate que…

Dudó un instante tratando de pensar en una mentira convincente y se decidió por decir una verdad a medias.

—Dígale que ya veo que está ocupado. Dígale que se olvide de la cena y que descanse. Le llamaré... pronto. Mañana.

Shannon salió a toda prisa de la farmacia antes de que Nate regresara, la encontrará allí e hiciera preguntas. Porque ella no tenía ninguna respuesta.

Nate se sintió decepcionado el lunes cuando salió de la parte de atrás de la farmacia y se encontró con que Shannon se había marchado. Llevaba un día de perros hasta que la había visto.

Pero ella había salido huyendo y había cancelado la cena.

¿Por qué?

Tal vez se había asustado por su mal humor. Después de todo, su relación era de lo más informal, y estaba basada en la diversión. Y Nate no estaba de humor para reírse. Pero había sido un día de lo más estresante, y hablar con ella lo había hecho sentirse mejor.

No era uno de esos días en los que todo salía mal; era uno de esos días en los que nada salía bien.

Cuando Shannon se hubo marchado, las cosas habían empeorado. La necesitaba. Era un sentimiento que se iba haciendo más y más fuerte en el interior de Nate.

Estaba enganchado a ella.

Y no estaba dispuesto a curarse de aquella adicción.

Su comentario sobre eso de los compañeros de rollo le había sentado mal porque no era cierto. Eran más que eso, aunque Shannon no quisiera admitirlo.

Al menos ella era más que eso para él, y esperaba que para Shannon él también fuera más que eso.

¿Cuánto más?

Ésa era la pregunta que lo rondaba desde hacía días.

Nate la había llamado aquella noche con la esperanza de convencerla de que estaba de mejor humor. Estaba deseando verla, descubrir en qué se habían convertido el uno para el otro. Pero Shannon dijo que tenía que ir a ver a su madre.

Nate le había preguntado si quería que él la acompañara, pero Shannon dijo que no, que lo tenía todo bajo control.

El martes él tuvo entrenamiento con el equipo de jockey, así que le dejó un mensaje en el contestador sugiriendo que se vieran el miércoles por la noche.

El miércoles por la noche Shannon le dejó a él un mensaje en el contestador diciéndole que tenía la junta de profesores, y cuando Nate le devolvió la llamada ya no la encontró.

El jueves hablaron unos minutos, pero no pudieron verse porque ella le había prometido a su amiga Patricia que saldrían juntas.

Para entonces, Nate ya no tenía ninguna duda de

que Shannon lo estaba evitando, y eso le preocupaba.

El viernes no pensaba arriesgarse.

No la había visto desde el lunes, y además sólo había sido una visita fugaz. No era suficiente.

La echaba de menos.

Por eso el viernes aparcó la Harley frente a casa de Shannon y se dirigió a la puerta.

No había telefoneado antes, en parte porque estaba harto de hablar con su contestador automático, o de escuchar la voz de Shannon en el suyo, o de charlar durante apenas unos segundos.

Nate sabía cuáles eran las reglas. Se suponía que aquélla tenía que ser una relación sin complicaciones, en la que se vieran sólo cuando tuvieran tiempo y ganas. Sin ataduras.

Pero él llevaba toda la semana con ganas de verla, y hubiera encontrado el tiempo necesario, pero Shannon siempre estaba ocupada.

Demasiado ocupada. No necesitaba verlo con la misma urgencia con la que él necesitaba verla a ella.

Oírla.

Tocarla.

Estaba pensando en tocarla cuando llamó a la puerta.

Shannon le abrió, vestida lo más antiRoxy posible: llevaba unas mallas de color gris, camiseta grande, el pelo revuelto... Nate nunca había visto una mujer más encantadora, más deseable, más...

Había planeado decirle «Hola, Shannon», aparentar naturalidad y sentarse siguiendo las absurdas normas de cortesía, pero cuando Nate la volvió a mirar, lo único que quiso fue…

La atrajo hacia sí y la besó.

Pero no fue un beso de bienvenida en la mejilla. No.

Fue un beso apasionado y cargado de deseo.

Ya la había besado antes, pero seguía conservando una sensación de descubrimiento y maravilla mientras sus labios devoraban los de ella.

O tal vez eran los labios de Shannon los que devoraban los suyos, porque cuando se encontraron Nate sintió su deseo en respuesta al de él.

Cerró la puerta con el pie y se quitó la chaqueta sin romper el contacto.

Shannon lo ayudó y alzó las manos para desabrocharle los botones de la camisa. Nate sintió el tenue temblor de sus manos mientras lo intentaba. Finalmente desistió y tiró de las mangas. Los botones cayeron botando al suelo.

—No puedo creerme lo que acabo de hacer —susurró ella dejando un instante de besarlo y mirando al suelo—. Lo siento, yo…

—Olvídate de los botones —la interrumpió Nate sacándole la camiseta por la cabeza sin dejarla terminar—. Olvídate de todo menos de esto.

Volvió a besarla de nuevo para impedirle que siguiera disculpándose y la empujó suavemente hacia el sofá.

Nate se giró y se dejó caer sobre él, arrastrándola consigo.

Ella aterrizó sobre su pecho.
—Nate, ¿crees que será lo suficientemente grande?
—La otra vez lo fue —bromeó él, aunque sabía que se estaba refiriendo al tamaño del sofá.

Ambos prorrumpieron en una sonora carcajada, y siguieron riéndose hasta que se quedaron sin respiración.

Nate se sentía completo al lado de Shannon, abrazándola, riéndose con ella.

Y mientras le demostraba que el sofá podía resultar al fin y al cabo suficientemente grande, supo también que aquello podía ser muy complicado. A él no le importaba en absoluto la complicación, y esperaba poder convencer a Shannon para que a ella tampoco le importara.

Mientras hacían el amor, el significado de lo que había entre ambos fue haciéndose más y más claro para Nate.

El nombre de Shannon se escurrió entre sus labios como un cántico al ritmo de sus cuerpos.

Y cuando ella susurró también su nombre, Nate perdió por completo el control y los llevó a ambos hasta el límite del abismo, donde alcanzaron el éxtasis al unísono.

Se las arreglaron para acurrucarse en el sofá.
—Nate, yo te... —comenzó a decir Shannon.
Pero se detuvo.
Él esperó a que terminara la frase. Pero en lugar de las dos palabras que deseaba oír, que creía que Shannon iba a pronunciar, la escuchó decir:

—Te quería decir que tenías razón, que era lo suficientemente grande.

Ella se rió y le acarició suavemente la barbilla con un dedo.

Fue la más tenue de las caricias, pero bastó para despertar el deseo de Nate.

—Tal vez deberíamos darnos una ducha y terminar de discutir este asunto del tamaño —aseguró él con una mueca.

—Ésa es una oferta que ninguna chica podría rechazar.

Se dirigieron a la ducha, riéndose como un par de chiquillos.

Nate sabía que tenía que decirle que las cosas habían cambiado para él, que no quería ser sólo un compañero de rollo, que quería más.

Lo quería todo.

«Por la mañana», se dijo a sí mismo mientras deslizaba las manos enjabonadas por el lujurioso cuerpo de Shannon.

A la mañana siguiente se lo diría todo.

Capítulo 10

—BUENOS días —murmuró Nate en su oído.
Shannon se estrechó más contra él sin decir nada, principalmente porque su primer impulso fue soltar las palabras que había decidido no soltar, al menos hasta que hubiera encontrado el mejor momento de decirlas.

Si no las decía en el instante adecuado, Nate podría marcharse. Después de todo, en ningún momento habían hablado de amor.

Nate estaba jugueteando con su pelo mientras la abrazaba con fuerza.

Le gustaba aquella sensación. Estar entre sus brazos. Levantarse el sábado por la mañana con él en la cama. Lo había echado mucho de menos la semana anterior, pero se había mantenido alejada porque tenía miedo... miedo de soltar aquellas dos palabras y estropearlo todo.

Las tenía allí, en la punta de la lengua, pero las sujetó con fuerza para no asustar a Nate.

—¿Vas a quedarte aquí tumbada toda la mañana? —le preguntó él con una mueca.

—Puede —contestó Shannon, felicitándose por no pronunciarlas.

Tal vez podría seguir con él y no decirlas, al menos no hasta que hubiera alguna posibilidad de que Nate se las dijera a su vez.

Si le diera algo de tiempo, tal vez él llegaría también a amarla.

—¿Tienes hambre? —le preguntó Nate.

—Sí.

—¿Te atreverías a probar mis bollos?

—Yo te... —comenzó a decir antes de morderse el labio inferior—. Yo te... te estaría muy agradecida. Estoy deseando probar tu cocina.

Qué palabras tan escurridizas.

Casi tan escurridizas como aquel sentimiento que le había robado el corazón y no se lo devolvía.

Durante una décima de segundo Nate pareció casi decepcionado. ¿Tal vez esperaba que ella se hubiera ofrecido a preparar los bollos?

Aquella expresión desapareció enseguida, y en su lugar, él sonrió.

—Quizá después de reponer fuerzas con el desayuno podríamos regresar aquí y...

Nate le susurró sus planes al oído suave y dulcemente.

Shannon deseó que preparara rápido los bollos, porque su oferta sonaba muy, muy tentadora.

—Yo te...

Maldición. Allí estaban de nuevo aquellas palabras.

—Te estaré esperando.

¿Cómo demonios iba a desayunar y volver a hacer el amor con Nate sin pronunciarlas?

Tal vez se las arreglara para conseguir no decirle cuánto lo quería, lo guapo que estaba conduciendo su Harley, cuánto le gustaba que le contara cómo le había ido el día, cómo le divertía pasarse una velada entera hablando de la esencia de las comedias románticas, y cuánto le gustaba verlo vestido de motero o de farmacéutico.

Shannon decidió entonces que debía olvidarse de todo.

Olvidarse de planear el momento.

Olvidarse de buscar la ocasión perfecta.

Sería valiente y sencillamente se lo diría. Había muchas cosas de Nate que le gustaban, y no podía contenerse ni un minuto más.

—Nate, tengo que decirte una cosa. Me he pasado toda la semana buscando la mejor manera de hacerlo, y he llegado a la conclusión de que no existe la mejor manera. Es algo importante.

De pronto, las palabras que querían salir a toda prisa, se detuvieron.

—¿Sí? —preguntó Nate cuando el silencio comenzó a hacerse incómodo.

Shannon reunió todas sus fuerzas y dijo:

—Yo te...

Sonó entonces el timbre de la puerta.

¿Quién demonios llamaría a las ocho de la mañana de un sábado, interrumpiendo su momento perfecto?

—Mamá —murmuró pensando que no podía tratarse de nadie más—. Me libraré de ella.

Shannon Bonnie O'Malley, alias Roxy, había tenido suficiente. No estaba dispuesta a seguir siendo la diana de la pistola nupcial de su madre ni un minuto más.

Tampoco iba a seguir buscando el momento perfecto para decirle al hombre que amaba que lo amaba.

Se armaría de valor en ambos casos.

—¿Necesitas ayuda? —preguntó Nate saliendo de la cama.

—No —respondió ella levantándose a su vez y poniéndose la bata—. Empieza a hacer el desayuno. Yo me libraré de ella. Toma —dijo abriendo el armario y sacando un albornoz para él.

—Buena suerte —dijo Nate besándola en la mejilla.

Él se dirigió a la cocina y Shannon se encaminó hacia la puerta principal.

Cuando la abrió, se quedó boquiabierta.

—Buenos días, Shannon, querida —dijo la señora Calder. A su lado, Brigit O'Malley.

—Buenos días, cariño —repitió su madre besándola en la mejilla—. Judy y yo nos hemos encontrado en la entrada. Ya sabes lo que dicen: las grandes mentes tienen las mismas ideas. He traído rosquillas.

—Y yo he preparado esta mañana unos pasteles caseros —dijo la señora Calder.

Shannon pensó que la idea de que las dos madres volvieran a visitarlos de nuevo era más terrorífica que los pasteles caseros de la señora Calder.

—Yo... esto... —balbuceó tratando de encontrar algo que decir.

Estaba decidida a enfrentarse a su madre, pero no tenía coraje suficiente para encararse a las dos.

Necesitaba refuerzos.

Necesitaba a Nate.

—Vamos, Judy —dijo su madre mientras ella y la señora Calder entraban en la casa.

—¿Nate sigue en la cama? —preguntó su madre sin esperar respuesta.

—Mamá... —le escuchó decir Shannon a Nate desde la cocina cuando entraron las dos mujeres.

Shannon supo que lo único que podía hacer era seguirlas, y eso fue lo que hizo. Se dio cuenta de que estaba descalza, pero no fue capaz de sentirse avergonzada por ello.

Tenía demasiadas cosas en las que pensar y dos palabras importantes que pronunciar, pero no habría modo de decirlas con sus madres allí.

—Shannon, tu madre ha traído rosquillas y la mía ha hecho pasteles —dijo Nate con una mueca.

—Sí, ya me lo han dicho.

—Bueno, ¿y qué os trae por aquí tan temprano un sábado por la mañana? —preguntó él mientras servía cuatro tazas de café.

—Yo he venido a decirle a Shannon que deje su

trabajo —dijo la madre de Nate—. Estoy muy preocupada, y creo que no puede continuar así. Estoy segura de que su madre estará de acuerdo conmigo.

—¿Dejar su trabajo? ¡Por supuesto que no estoy de acuerdo! Al menos Shannon tiene un trabajo estable y cobra todos los meses. En cambio, tu hijo lo único que hace todo el día es dar vueltas por ahí con esa moto.

—Odio esa moto —reconoció la señora Calder.

Sonó el teléfono, y Shannon lo descolgó al instante.

—¿Diga?

—Hola, Shannon —dijo Kate—. Estoy pensando que debería ir a casa. Mamá dice que ese tal Toro está causando problemas y...

La discusión sobre motos y empleos que habría que dejar continuaba.

Kate seguía expresándole sus temores a través del teléfono.

Nate parecía tan perdido como Shannon.

La profesora que había en ella cobró vida. Shannon se llevó el dedo índice a los labios y chistó para mandarlos callar.

Tres pares de ojos se clavaron de inmediato en ella.

—¡Ya basta! —gritó.

Luego volvió a colocarse el auricular en la oreja.

—Kate, te llamaré más tarde. No vengas a casa. Todo está bajo control.

Y colgó el teléfono.

—Mamá, señora Calder —continuó diciendo—,

estoy harta de este juego. Las cosas no son lo que parecen. Yo...

Shannon miró a Nate y vio que él le hacía un pequeño gesto de asentimiento con la cabeza.

—Todo empezó en el bar de Mick después de una de esas horrendas citas que me habías preparado, mamá. Estaba hasta el moño.

—Yo también, mamá —intervino Nate—. Toda esa historia de que estuviste a punto de morir al darme a luz, y que a cambio sólo quieres un nieto... Y también estaba harto de que intentaras liarme con chicas.

—Eso, el concertar citas —repitió Shannon—. ¿Te acuerdas de Shelby, mamá? Shelby y Shannon.

—Mi hija tiene ideas muy peculiares respecto a los nombres que casan juntos —explicó la señora O'Malley—. En cambio, Nate y Shannon pegan, ¿no te parece, querida?

—O Roxy y Toro —añadió la señora Calder—. Esos nombres también casan bien juntos. ¿No te parece, Brigit?

—Estoy totalmente de acuerdo, Judy.

Lo sabían.

Sus madres sabían la verdad.

Shannon lo vio reflejado en sus ojos.

—Pero por mucho que mi hija se fije en los nombres —continuó diciendo la señora O'Malley—, yo tengo que decir que para mí es más importante centrarse en las profesiones. Y creo que un farmacéutico y una profesora pegan tanto como...

—Un motero y una bailarina de strip—tease.

—Bailarina exótica —corrigió Nate a su madre antes de que lo hiciera Shannon.

—Así que las dos sabéis que era todo una farsa —murmuró ella tomándole de la mano.

—Por supuesto. Somos mujeres inteligentes y despiertas que supimos ver más allá de vuestra actuación —aseguró la señora Calder.

—Pero no todo es mentira —dijo la señora O'Malley con sonrisa misteriosa.

—¿A qué te refieres? —preguntó Shannon.

—Miraos: los dos unidos contra nosotras, con las manos enlazadas, durmiendo juntos... estáis enamorados —aseguró su madre con voz triunfal.

—No puedo hablar en nombre de Nate, pero lo que yo siento por él es algo que no voy a discutir con vosotras dos. De hecho, ya es hora de que os marchéis. Ya os habéis entrometido bastante. Nate y yo vamos a arreglar las cosas a solas.

—Pero querida, hay momentos en los que una hija necesita a su madre.

—Tienes razón, mamá. Pero éste no es uno de ellos —aseguró Shannon empujando a las dos mujeres suavemente hacia la puerta—. Gracias por la visita.

—Pero... —dijeron las dos madres al unísono.

—Pero nada. Nate y yo somos adultos. Lo que ocurra a partir de ahora en nuestra relación es cosa nuestra.

—Esto no tiene nada que ver con la apuesta, ¿sabes, cariño? —dijo su madre dulcemente—. Quiero que seas feliz, y creo que Nate es tu hombre.

—Ya lo sé, mamá —contestó Shannon besándola en la mejilla.

Cerró la puerta tras ellas y se dirigió de nuevo a la cocina.

Esperaba que cuando pronunciara aquellas palabras Nate admitiera que él también la amaba, o que al menos estaba dispuesto a darle una oportunidad a su relación.

—¿Ya se han ido? —preguntó él.
—Sí.
—Vaya —comentó Nate alzando una ceja—. ¿Crees que nos dejarán en paz ahora que saben la verdad?

—No —respondió ella con una sonrisa—. Creo que ambas volverán a la carga mañana.

—Bueno... —dijo Nate, buscando algo de qué hablar—. ¿Sigues queriendo esos bollos?

—No, creo que no.
—Antes me dijiste que querías hablar de algo.
—Yo...

Shannon se estaba acobardando. Allí estaba él, de pie en medio de su cocina, y lo único que ella quería hacer era arrojarse a sus brazos y decirle que lo quería.

Se armó de valor.

Pero antes de que pudiera pronunciar las palabras, Nate dijo:

—Que ellas lo sepan no significa que lo nuestro... quiero decir, que no hay ninguna razón para que dejemos de vernos. Me gusta estar contigo.

Allí estaba ella, dispuesta a entregarle su corazón, a decirle que le faltaba el aire cuando no lo tenía cerca, y lo único que Nate decía era que le gustaba estar con ella.

—No creo que las cosas puedan seguir como hasta ahora —comenzó a decir—. Después de todo, parte de la razón por la que estábamos juntos ya no existe. Nuestras madres lo saben.

—Pero lo que tenemos funciona, Shannon, querida.

—¡No me llames «Shannon, querida»! —gritó ella—. Estoy aquí, dispuesta a decirte que te quiero, y tú sigues hablando de nuestro estúpido acuerdo y de nuestra relación sin ataduras. Bueno, pues yo quiero ataduras. Quiero alguien que me llame cada día, no cuando le apetezca. No, lo retiro: quiero un hombre al que le apetezca llamarme todos los días. Pero tú no buscas eso. Eso sería complicarse la vida. Está bien. Está muy bien. Iré a buscar a un hombre al que no le importe complicarse.

—¿Crees que puedes sustituirme así de fácil? —susurró Nate acercándose más—. ¿Crees que encontrarás otro hombre al que no le importe ver comedias románticas, que sepa quitarte los pantalones de cuero falso... y que te quiera como yo?

—Estoy segura de que habrá más hombres a los que les guste ese tipo de películas. Y en cuanto a los pantalones...

Shannon se detuvo un instante, dudando de si había oído bien.

—Repítelo.

—Sé cómo quitarte los pantalones de cuero falso —repitió él con una sonrisa de oreja a oreja.

—Esa parte, no —contestó Shannon agarrándolo de la solapas del albornoz.

—No me importa ver comedias románticas siempre y cuando haya algo de sangre.

—No. Esa parte tampoco —insistió ella.

Sentía como si el corazón le fuera a explotar de alegría.

—Ah. ¿Que te quiero? —preguntó Nate con una sonrisa.

—Sí. Esa parte.

—Te quiero.

Nate la besó, y Shannon pudo comprobarlo.

La quería.

—Pero tú dijiste que querías una relación sin complicaciones... —dijo ella apartándose de él.

—Shannon, nada en mi vida ha sido fácil desde que te conocí. De hecho, ésta es la relación más complicada que he tenido nunca, y no podría ser más feliz. O mejor dicho, lo sería si me hicieras un pequeño favor.

—¿De qué se trata?

Shannon haría cualquier cosa que él le dijera. Era el hombre al que amaba.

—Pronuncia las palabras. Todavía no me las has dicho, ¿sabes?

—¿De verdad? Qué descuido por mi parte. Nathan Toro Calder, te quiero. Creo que te quiero desde la primera vez que nos vimos en el bar de Mick.

Y de pronto estaba entre los brazos de Nate, con

el rostro enterrado en su pecho. Era tan feliz que sentía que iba a estallar.

—¿Sabes lo que esto significa? —preguntó Nate—. Que tu madre ha ganado la apuesta.

—No, no es así. Se apostaron que yo me casaría antes de…

Shannon alzó la vista y vio la intención reflejada en sus ojos.

—Una palabra más, eso es lo que necesito.

—La respuesta es sí.

—¿Llamamos a nuestras madres? Seguramente siguen en la entrada tratando de decidir cuál debe ser el próximo paso.

—Luego —dijo Shannon.

Su madre se volvería como loca con la noticia, y se pondría insoportable tratando de organizar la boda.

Shannon recordó lo mal que había salido todo cuando intentó planear la de su hermana.

—Mi madre tendrá que esperar un poco. Antes tenemos que hacer otra cosa.

—¿De qué se trata? —preguntó Nate acariciándole la mejilla con un dedo.

—Adivínalo —susurró ella besándolo apasionadamente.

Se olvidaron de todas las preocupaciones.

Se concentraron sólo en amarse.

Después de todo, aquello era lo único importante.

Epílogo

L ES presento a los novios y a las novias —anunció el padre Murphy cuando las dos parejas entraron en el salón del hotel.
—Que se besen, que se besen —coreó la multitud.

Brigit O'Malley vio cómo su hija, su inteligente y preciosa hija, besaba a su recién estrenado marido.

Suspiró levemente. Fue un suspiro callado y educado.

Nada que ver con los sorbidos escandalosos que Cecilia estaba haciendo mientras Cara y su marido tejano se besaban.

Cecilia la había llamado tres semanas atrás para decirle que Cara se iba a casar. Le habló y le habló de sus planes de boda... planes que nunca llegaron a realizarse.

Una parte de Brigit se sintió mal cuando se enteró de que Cara y su tejano se habían casado en secreto. Estuvo a punto de resignarse a perder la apuesta. Pero entonces recordó que una ceremonia civil no contaba. Técnicamente había ganado.

Pero por alguna razón, Shannon siempre se había sentido unida a Cara, aunque no se conocían. Kate y Cara se habían hecho amigas, y a través de ella, Shannon y Cara habían terminado hablando e ideando aquel diabólico plan.

Cara y su marido habían compartido la ceremonia, bendiciendo su unión civil al mismo tiempo que Shannon y Nate se casaban.

Brigit volvió a suspirar mientras las parejas se deslizaban por la pista de baile. Vio a Kate y a Tony. Y allí estaba Desi, la maravillosa organizadora de bodas, y Seth. Estaban todos.

Suspiró de nuevo.

—Hemos hecho un buen trabajo, ¿verdad? —dijo Cecilia.

—Síi, así es —contestó Brigit pasando el brazo por el hombro de su amiga—. Todos parecen muy felices.

—Hablando de felicidad, por lo que respecta a la apuesta...

—Sí, ya sé que al celebrarse hoy las dos ceremonias hay un empate —aseguró Brigit asintiendo con la cabeza—. Las chicas lo han planeado así adrede. Nuestras hijas son más pillas de lo que imaginábamos.

—Han salido a sus madres.

—Supongo que sí —reconoció Brigit con una sonrisa.

—Pero creo que deberíamos irnos.

—¿Irnos?

—A la montaña. De vacaciones, unos días. Ya he hablado con Rachel, y también le apetece. Y he pensado que se lo podrías decir también a tu consuegra, Judy Calder, y así seríamos cuatro para jugar al pinacle.

—Oh, Cecilia, eso sería maravilloso —aseguró Brigit abrazándola—. Lo pasaremos fenomenal. Y nos merecemos unas vacaciones, después de todo lo que nos han hecho trabajar las niñas.

—Estupendo. Porque dentro de poco ya no podré marcharme.

—¿Por qué? —preguntó Brigit.

—Porque estoy segura de que mi Cara y su marido me darán un nieto enseguida.

—La madre de Nate me estaba contando que tiene pensado ser abuela a principios del año que viene, porque al parecer su hijo le debe un nieto, ya que estuvo a punto de matarla al nacer. Parecía estar muy segura, así que estoy convencida de que seré abuela antes que tú.

—¿Quieres apostar? —preguntó Cecilia.

Brigit miró hacia el salón lleno de gente a la que quería. Ahora que las dos chicas estaban felizmente casadas era el momento de aumentar la familia.

—Por supuesto —respondió con una sonrisa.

Deseo®...
Donde Vive la Pasión
¡Los títulos de Harlequin Deseo® te harán vibrar!

¡Pídelos ya! Y recibe un descuento especial por la orden de dos o más títulos

HD#35327	UN PEQUEÑO SECRETO	$3.50 ☐
HD#35329	CUESTIÓN DE SUERTE	$3.50 ☐
HD#35331	AMAR A ESCONDIDAS	$3.50 ☐
HD#35334	CUATRO HOMBRES Y UNA DAMA	$3.50 ☐
HD#35336	UN PLAN PERFECTO	$3.50 ☐

(cantidades disponibles limitadas en algunos títulos)

CANTIDAD TOTAL $ _____

DESCUENTO: 10% PARA 2 Ó MÁS TÍTULOS $ _____

GASTOS DE CORREOS Y MANIPULACIÓN $ _____

(1$ por 1 libro, 50 centavos por cada libro adicional)

IMPUESTOS* $ _____

TOTAL A PAGAR $ _____

(Cheque o money order—rogamos no enviar dinero en efectivo)

Para hacer el pedido, rellene y envíe este impreso con su nombre, dirección y zip code junto con un cheque o money order por el importe total arriba mencionado, a nombre de Harlequin Deseo, 3010 Walden Avenue, P.O. Box 9077, Buffalo, NY 14269-9047.

Nombre: _____

Dirección: _____ Ciudad: _____

Estado: _____ Zip Code: _____

Nº de cuenta (si fuera necesario): _____

*Los residentes en Nueva York deben añadir los impuestos locales.

Harlequin Deseo®

CBDES3

BIANCA.

El brillo que veía en sus ojos le decía que aquello era algo más que un matrimonio de conveniencia

La ejecutiva Sabrina Kendricks no creía ser de las que se convertían en esposas y madres... hasta que conoció al millonario argentino Javier D'Alessandro. De pronto se imaginaba compartiendo su vida con aquel guapísimo hombre... y en la tercera cita le pidió que se casara con él.

Pero no se trataba de una locura de amor, Javier necesitaba casarse con una británica para poder adoptar a su sobrina huérfana. Sabrina tenía que repetirse una y otra vez que se trataba de un matrimonio de conveniencia.

INTERCAMBIO DE FAVORES
Maggie Cox

¡YA EN TU PUNTO DE VENTA!

Deseo
PASIÓN DESBORDADA
Laura Wright

El príncipe Alexander Thorne tuvo que replantearse su vida cuando rescató a una atractiva pelirroja y se rindió a la pasión que surgió entre ellos de inmediato. Todo parecía indicar que la bella Sophie Dunhill daría a luz a su heredero, por lo que Alexander estaba obligado a mantenerla muy cerca de él.

Sophie apreciaba mucho su libertad, y no tenía la menor intención de quedarse en aquel pequeño país por mucho tiempo. Los besos apasionados y las noches ardientes no eran suficiente para ella. ¿Podría con su amor hacer que un hombre obsesionado con la obligación se dejara llevar por la pasión?

Había prometido no volver a dejar que una mujer mandara en su corazón

¡YA EN TU PUNTO DE VENTA!

JAZMIN

CATHIE LINZ
Un hombre de palabra

Los marines no eran su tipo... o al menos eso se decía a sí misma.

Según Kate Bradley, los hombres guapos y temerarios no eran buenos maridos. Pero eso no le impedía fantasear con Striker Kozlowski, el marine a quien había adorado en secreto desde los diecisiete años. Ahora, tenía que asegurarse de que Striker cumpliera la voluntad de su abuelo... y de mantener ocultos sus verdaderos sentimientos.

La intención de Striker no había sido volver a Texas ni que lo encerraran en una sala con una hermosa princesa de hielo que lo hacía sentirse como un recluta nervioso. Podía cumplir las misiones más peligrosas, pero ¿podría correr el mayor riesgo de todos... amando?

¡YA EN TU PUNTO DE VENTA!